KB007672

이지출판

이철수의 나뭇잎 편지

당선이 있어 고맙습니다

2009년 12월 17일 초판 1쇄 펴냄
2022년 5월 25일 초판 9쇄 펴냄

펴낸곳 (주)도서출판 삼인

지은이 이철수
펴낸이 신길순

등록 1996.9.16. 제 25100-2012-00046호
주소 03716 서울시 서대문구 성산로 312 북산빌딩 1층
전화 (02) 322-1845
팩스 (02) 322-1846
전자우편 saminbooks@naver.com

표지·본문 디자인 (주)끄레어소시에이츠
제판 문형사
인쇄 수이북스
제책 은정제책

© 이철수, 2009

ISBN 978-89-6436-003-3 03810

값 12,000원

이철수의 나뭇잎 편지

당신이 있어 고맙습니다

우리는 서로 다정하게 살고 싶은데, 사회는 그러지 말라고 하는 듯합니다.

경쟁이라는 단어 없이 우리 사회를 설명하기는 어려워 보이지요? 그래서 그런 생각을 다 했습니다. 경쟁력을 키워야 살아남는다는 세상입니다. 싸워 이겨야 살아남을 수 있다는 말이지요? 살수록 그 말이 무서워집니다. 사람들 사이에서라도 감추어두고 싶은 마음의 갈기와 발톱을 다 세우라는 듯해서요.

그 비인간적 요구를 그대로 받아들이기는 어렵지요. 누군들 그걸 받아들이고 싶겠어요? 다만, 살아남을 방법이 그것뿐이라면 문제가 달라지지요. 누군가는 비열하게 살아남고 누군가는 그러지 못해 영락하는 것을 보면서, 그게 그렇구나 하게 됩니다. 세상이 무섭고 현실이 냉혹하다는 걸 실감하게 되는 거지요. 조기교육, 조기유학, 외국어 열풍, 선행학습, 과외뿐 아니라 직장인의 자기개발과 건강관리, 성형 열풍에 이르기까지, 비뚤어진 사회풍조가 모두 거기 뿌리를 내리고 있습니다.

너무 살벌했나요?

그렇지요? 아무려면 세상이 그렇기만 하려고요.

지구에 자전축이 있는 것처럼 세계경제를 움직이는 축이 있다지요? 자본입니다. 악의 축보다 더 무서운 게 자본의 축이라지만 그것도 결국 우리 사회가 만든 거지요. 사람이 만들었어도 그 야수성이 통제 불능이라 만만히 볼 것은 아닙니다. 하지만 공룡의 시대도 끝이 났고, 로마도 무너졌습니다. 사람을 배제하고 보면 21세기를 지배하는 자본의 힘은 더 크고 사나워 보입니다. 사람이 만든 것이니 사람의 지혜로 해결할 수 있다고 믿어야지요.

신성의 기운조차 감도는 자본의 위세에 귀의하는 게 시대의 대세인 듯합니다. 이미 신앙이 되어버린 것일까요? 그를 믿는 이들이 너무 많습니다. 광신에 빠지는 것만이라도 피하고 싶지만 그도 쉬운 일이 아닙니다. 다만, 우리가 그 증식의 수단이 되기도 하고 수탈의 대상이 되기도 하는 건 소름끼치는 일이지요. 자본 증식을 위해 기꺼이 한 몸 바치는 월급쟁이면서, 힘써 번 돈을 자본이 생산한 물건을 사는 데 다 써버리는 소비자가 되는 게 바로 그거지요. 나서, 자라고 배워서, 직장을 얻고, 열심히 일하고, 짝을 만나 아기 낳아 기르고, 은퇴해서 안온한 노경을 마무리하자면 당연한 일입니다. 피해 갈 도리가 없는, 보편적인 삶의 방식입니다. 노동과 소비 없이 어디 인생이 가능한가요?

많이 벌수록, 많이 소비할수록, 더 충직한 자본의 신민이 되는 원리도 곤혹스럽기는 마찬가지입니다. 움직이면 돈입니다. 돈의 하인으로 태어난 것이 아닌데 꼭 그런 기분으로 삽니다. 숨 쉬는 한, 이 사회에서 살아가는 한, 피할 수 없는 운명입니다.

식당 메뉴판을 보면서 늘 하는 생각입니다.
욕망의 질에 따라 비용을 내라는구나!
단순 생존의 경비도 만만치 않지만, 다채로운 음식, 집, 자동차, 그리고 신상품들이 모두 욕망의 화현으로 소비를 기다립니다. 안락과 편리는 물론, 과시에도 욕망의 비용이 들고, 허영에는 기하급수적으로 커진 대가를 치러야 합니다.
고공비행하는 욕망이 허영일까요?
우리 누구나 허영을 버리지 못하고 삽니다.
허영도 적당히 누리면 다행이지만 욕심이 어디 그런가요?
갈 데까지 가서 파산에 이르고 때로 죽음에도 이릅니다.
사사로운 욕망이나 자본의 욕망은 동색입니다.
개인파산이나 거대한 자본의 파국이 꼭 같을 거라는 거지요. 죽음에 이르도록 욕망을 놓지 못한다는 점에서 그렇지요. 자본의 축을 따라 살면 우리 사회 전체가 무너지게 될 거라고 걱정하는 이유도 그 때문입니다. 단순하지만 믿을 만한 통찰이 아닌가요? 손에 잡히지도 눈에 보이지도 않는 자본의 실체가 막연했는데, 내 안의 욕심을 보면서 조금 분명해졌습니다. 거대한 욕심에 지나지 않는 자본!

지구생태계의 순환에 순응할 줄 아는 겸손한 인간에게는 풍요롭고 아름다운 자연이지만, 그 순환의 한계를 넘는 욕망 과잉의 사회에는 결핍의 공간일 뿐입니다. 자연은 그렇게 중병의 전조를 보이고, 우리 사회에서는, 뺏고 빼앗기는 싸움이 치열해진 가운데, 소박하게 살아가는 평범한 사람들의 생존 기반마저 무너지는 중입니다.
가난하고 소외된 이들의 삶은 이미 더 빼앗길 것조차 없습니다.
얼마나 살아남아서 풍요의 시대를 누리게 될까요?
욕망의 시대를 거쳐 살아남는 이들은 누구일까요?

올해 금융위기도 그랬지만, 가끔 한차례씩 크게 흔들리는 자본의 축은 우리 모두에게 혼돈입니다. 욕망하는 인간과 사회에는 당연한 위기이고 재앙이지요.

위기 극복과 해결을 말합니다.

쉬운 일이 아닐 텐데, 거대한 도박판이 되어버린 세상에서 요행과 운을 바라고 판돈을 거는 사람들이 여전히 많습니다. 비닐하우스에 담요를 펴는 시골 화투판에도, 증권시장 객장에도, 월스트리트 주식시세 전광판 앞에도 어리석은 사람들은 있습니다. 그걸 누가 말리겠어요.

대안이 있을까요?

사회는 대안에 관심을 가질 생각이 없어 보입니다.

개인의 선택이 남아 있을 뿐입니다.

왜 그런 궁리를 하느냐고요?

투전판 같은 세상에는 아름다움이 설 자리 없을 듯 해서지요.

오관을 무용지물로 만들고 존재와 이웃의 가치를 땅에 묻는 시대가 두려워서지요.

노을빛 한 번 마음 편히 바라보지 못하고 사는 걸요.

밤하늘 별 구경은 하고 사시나요?

새벽 여명과 떠오르는 해의 장엄만으로도 하루가 충만해지는 게 사람입니다.

가족들의 기념일조차 돈 주고 산 선물 없이는 축하하지 못하는 사람들과 깊은 친교가 가능할까요? 우애가 가능할까요? 가난해지면 즉시 위태로워지는 무늬뿐인 가정은요? 끼리끼리 노는 사회. 연봉이 곧 사람의 값이 되는 사회. 저명이 곧 권위가 되고 유명이 힘인 사회. 아무도 그게 옳다고 믿지는 않지만, 이의 제기하지 못하는 사회.

돈 말고 다른 가치는 전부 쓸데없는 것일까요?

이렇게 보면 아름다움뿐 아니라 인간이 설 자리조차 비좁은 게 우리 현실입니다.

여기서 달아나야지요. 한계가 있어도 좋고 소극적이어도 좋습니다. 시작해야 합니다.

어떻게? 구조 안에서 일하고 구조 밖에서 사는 거지요.

여기서 일하고, 여기서 벌지만, 시장으로 되돌려놓지 않는 겁니다. 돌려놓더라도 적게 돌려놓는 거지요. 시장은 몽땅 빼앗으려고 들거든요. 번 것보다 더 많이 쓰라는 게, 시장의 유혹 아닌가요? 가능하면 시장에 덜 드나들고 살 방법을 궁리하는 거지요. 텃밭 농사만 지어도 봄여름에는 대형 마트 야채코너에 갈 일 없어집니다. 텃밭에서 만나는 자연의 사계절과, 돈 내고 가는 꽃구경 단풍놀이는 질이 다릅니다. 돈 들여 만나는 자연은 한낱 상품이지요.

우리가 마음 깊이 갈망하는 건 온전한 자연입니다. 식구처럼 편안해서 의식하거나 경탄할 필요 없는 온전한 자연이 필요합니다. 생산과 땀이 있고, 주기도 하고 받기도 하는, 관계 속의 자연이 필요합니다. 그게 안 되니까 상품화된 자연을 과소비하게 되는 거지요.

물건의 수명이 다하기 전에는 신상품에 눈길 주지 않는 겁니다.

아끼고 나누고 바꾸어 쓰는 겁니다. 우리끼리 시장을 만드는 거지요.

무엇보다 중요한 건 덜 쓰고 사는 지혜로운 소비자가 되는 선택이지 싶습니다.

남는 시간과 돈은? 그건 알아서 쓰세요.

사람이 전쟁터처럼 죽어가는 세상에 살면서, 제 마음속에서 눈물을 길어 올리지 못합니다. 이웃에 대한 연민, 시대의 슬픔과 역사의 아픔, 달뜬 청춘의 사랑, 그 어느 것이 우리 마음에 남아 있을까요? 그저 그런 생각들이 어지럽게 다녀갑니다. 진심으로, 평안을 빕니다.

2009년 마지막 달에
이철수 드림

다시 시작하는 새날

• 해가 떠오르고, 하루 사셨지요?
하루 제일 기뻤던 순간이 언제였을까요?
• 달이 떠오르고, 하루가 흘러 버렸지요?
내일로 가져가야할, 짐이 될일이 뭐 있으신지요?
오늘 못한 일이야 있겠지요?
저도, 새기다둔 판화를 내일 이어 새기려고 생각하고 있습니다.
어쨌든 내일 일입니다. 다 잊고 다 내려놓고 쉬어야지요.
짐꾼도 지고있던 짐 내려놓아야 쉬게 되듯, 마음에 안고있는
짐도 내려 놓아야합니다. 늦도록 그림 그리고 나면 신경이 지칠
법한테 곤두서서 잠을 못 이룰때가 많습니다. 마음의 짐을
내려놓는데 서툴다는 뜻 입니다. 깊이 쉬고, 다시시작하는 새날들!

다시 시작하는 새날

해가 떠오르고, 하루 사셨지요?
하루 제일 기뻤던 순간이 언제였을까요?
달이 떠오르고, 하루가 흘러버렸지요?
내일로 가져가야 할, 짐이 될 일이 뭐 있으신지요?

전주 갔더니,
남도에 푸르름 다가서지 않았더니, 눈발이 날렸습니다. 늦어서 들어간
유서 깊은 한옥에서 잠깨어 보니, 지붕에 눈이 쌓여 있었지요. 객이와
잠든 밤에도 눈발 쉬지 않았던 게지요? 아침 밥을 먹여 보내려고 싸늘한
아침에 나오신 전주사람 두 분의 마음도, 그 눈처럼 밤새 여관 언저리
에 계셨겠지 싶습니다. 콩나물 국밥처럼 따뜻하고, 그래서 고마웠습니다.
소식 궁금하던 옹기장이네 들러서, 마이산의 배웅을 받으며 돌아왔습니다.
갑작스러운 추위에 전주도 차더니 돌아온 제 동네는 더욱 싸늘했습니다.
꽝꽝 얼어 있는 개울그릇 부터 비우고 물갈아주었습니다.
산에 짐승들 겨우내 목마르겠다 싶은 생각이 문득 다녀갔습니다.
겨우내 춥고 허기질 이웃들 생각은 오래 두고 해야겠지요? 평안하시기를...

청수

그 눈처럼

늦어서 들어간 유서 깊은 한옥에서 잠 깨어보니, 지붕에 눈이 쌓여 있었지요.

객이 와 잠든 밤에도 눈발 쉬지 않았던 게지요?

*엽서 다섯 장을테, 여의도에서 농민대회가 있었다는 소식 들었습니다.
대회 참가를 독려하는 가두방송이었던가 봅니다.
농민이라 하기는 어려운 형편이지만, 마음이라도 보태고 싶어집니다.

청수

" 오죽하면 농토를 갈아엎었겠습니까! "
" 농민의 분노를 ...... "
그런 소리가 지나갔습니다. 국밥 한 그릇 비우고, 막 거리로 나섰을 때
였습니다. 귀 담아 들으려 했을 때는 벌써 저만치 달려가 버린 뒤
였지요. 농민회에서 하고 싶은 이야기가 있었던가 봅니다.
농민은 분노도 없고 생각도 없는 사람들인가 보다 할 만큼, 농민의 소리
는 세상에서 참 작습니다. 이제 인구 구성비로도 한 줌이지요.
농촌의 위기는 우리 사회의 속없는 변화를 압축해서 보여줍니다.
쌀 빼고 다 내다버린 농산물 정책이 조만간 받게 될 보복도 생각
하기 무서운 사태가 될지도 모릅니다. 흙으로도 돌아와야 합니다. 서둘러서!

흙으로 돌아와야

농민은 분노도 없고 생각도 없는 사람들인가 보다 할 만큼,
농민의 소리는 세상에서 참 작습니다. 이제 인구 구성비로도 한 줌이지요.
농촌의 위기는 우리 사회의 속없는 변화를 압축해서 보여줍니다.

비가 뿌렸지요?
눈이 올것 같았는터에……, 비도 좋았습니다.
얇맛이 쓴 소식이 하도 많아서, 신음같은 탄식을 내뱉곤합니다.
그렇게 사는 사람은 그러라 해야지요.
우린, 조용히 향기를 건네는 더운차한잔 어떨까요?
사는게 꿈이거니하고 삽니다. 흉몽을 꾸는 셈처야 할까요?
꿈속에서라고해도 제 역할을 그려보곤합니다.
악동은 몰라도, 악당은 좀 피하고 싶던테요? 찬바람 조심하셔야지요.

꿈

사는 게 꿈이거니 하고 삽니다. 흉몽을 꾸는 셈 쳐야 할까요?
꿈속에서라고 해도 제 역할을 그려보곤 합니다.
악동은 몰라도, 악당은 좀 피하고 싶던데요?

이사람아!
옛사람들이 적어 남긴
고전이야 어찌
마주 앉아듣는
말씀처럼
분명할수
있는가?

이건 뜻일지
저건 뜻이었을지
짐작해 보고
상상해 보면서
가까워지는 것이지.
헤매는 재미가
으뜸 아닌가?

마음에 담아두고 살다보면, 내 인생이 넘어가면서
오히려 새롭게 읽히고 더 깊이 알겠다 싶은 대목이
새겨 나기도 하던걸.
고전은 한생애를 두고 읽는 것인가? 그렇기도 하겠네.
한생애가 담긴 글이라면 마땅히 한생애로 읽어야지. 그렇지 않은가?
그대와 내가 이렇게 마주 앉는것 처럼 말일세.

철수

한 생애가 담긴 글

고전은 한 생애를 두고 읽는 것인가? 그렇기도 하겠네.
한 생애가 담긴 글이라면 마땅히 한 생애로 읽어야지. 그렇지 않은가?
그대와 내가 이렇게 마주 앉는 것처럼 말일세.

돼지 한마리가 몸을 얹고 떠났습니다. 마을에서, 사람의 마을지서
잔치처럼 대동계가 벌어지는 날, 돼지네는 초상을 치렀을 겁니다.
왁자한 소리가 외관간판을 채우고, 고기굽는 냄새와 연기가 자욱하더니,
잔치도 끝나고 초상도 끝났습니다.
백운면 평동리, 마을산 찾기 소송에서
우리마을이 패소한
소식을 전해받았습니다.

슬픈 판결이었습니다.
일제가 빼앗아 간 땅이
우리 마을 소유였던 사실은
인정 되지만, 긴 세월
제천시가 관리하고 소유해온 사실때문에, 소유권의 변동은 인정할수 없다
는 점이 확인 되었습니다.
마을은 슬픕니다.
마을은 아픕니다.
그래도, 어쩔수 없습니다.
마을 뒷산 어느골짝 그 높은터에 들어서려는 콘도와 스카시설이 무섭지만
그것도 들어서게될 가능성이 높습니다. 무서워도 다른수가 없습니다.
저희로서는 부당하다고 느낀 '행정처분'을 '취소'하라고 소송을 냈으니 그
판결을 기다리는 일이 남았습니다.
그거라도 해봐야지요.
참 많은 분들이 거들어 주셨습니다. 고마웠습니다.
진잔날 돼지처럼 온몸을 바치는 헌신은 없었지만, 열심히 싸웠습니다.

마을 찾기 재판

일제가 빼앗아 간 땅이 우리 마을 소유였던 사실은 인정되지만,

긴 세월 제천시가 관리하고 소유해온 사실 때문에,

소유권의 변동은 인정할 수 없다는 점이 확인되었습니다.

마을은 슬픕니다. 마을은 아픕니다.

겨우 겨울 닮았지만, 아침해가 떠서 눈을 다 녹이기까지는 겨울 설경이 고왔습니다. 새벽 숫눈을 밟고 간건 아이들 이른 등교였을 테지만, 아직 인적이 드문 아침길로 타박타박 걷노이는 술마시는 강씨였습니다. 새벽 잠에서 깨어 밥시장기가 오기전에 술허기가 먼저온 모양입니다. 두부인심이 좋은 구판장이 일찍 문털였으면 술국 대신 순두부 한그릇에 해장할수 있을테지만, 운이 나쁘면 아침부터 찬소주로 헛헛한 속을 덜래게 될지도 모릅니다. 어디서나 밥보다 술에 먼저 손이 가는 이들이 마을에 두엇 더 있습니다. 한결같이 여리고 순한 사람들 입니다. 세상사람들보다 술기운이 더 따뜻하고 살가웠던가 봅니다.

아침밥으로 소주를

어디서나 밥보다 술에 먼저 손이 가는 이들이 마을에 두엇 더 있습니다.
한결같이 여리고 순한 사람들입니다.
세상 사람들보다 술기운이 더 따뜻하고 살가웠던가 봅니다.

어려서 치과병원에 다닙니다.
잇속에 염증이 있어 오래 치료해야 한다는 진단을 받았습니다.
그래도 생각보다 너무 긴 시간입니다. 차도가 있어 발치는 피할수
있다니 고맙습니다. 혈관도 닿지 않는 잇속에도 염증이 생긴다니 참
오묘한게 사람의 몸입니다.
여러해 전에 어금니 하나 섣불러 뽑은게 두고두고 후회 되던 터라 꾹
참고 다닙니다. 그때 뺀 어금니는, 받아들고 와서 작은 나무함에
잘 모셔(?) 두었습니다. 몸밖에 나온 이빨은 아무데도 못쓰는 폐기물에
지나지 않지만, '지정 폐기물'로 여기고 별도 관리하는 거지요.
그걸 왜 지정폐기물로 지정했는지는 저도 모르겠네요.

지정 폐기물

그때 뺀 어금니는, 받아 들고 와서 작은 나무 함에 잘 모셔(?)두었습니다.
몸 밖에 나온 이빨은 아무 데도 못 쓰는 폐기물에 지나지 않지만,
'지정 폐기물' 로 여기고 별도 관리하는 거지요.

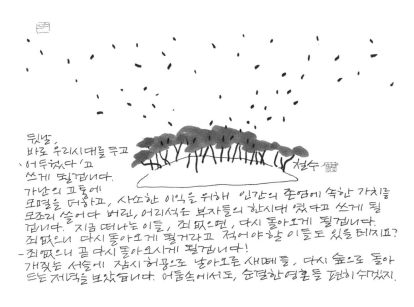

뒷날,
바로 우리시대를 두고
'어두웠다'고
쓰게 될겁니다.
가난의 고통에
모멸을 더하고, 사소한 이익을 위해 인간의 존엄에 속한 가치를
모조리 쓸어다 버린, 어리석은 부자들의 한시대 였다고 쓰게 될
겁니다. 지금 떠나는 이들, 죄 없으면, 다시 돌아오게 될겁니다.
죄 없으니 다시 돌아오게 될거라고 적어야할 이들도 있을 터지요?
- 죄 없으니 곧 다시 돌아오시게 될겁니다!
개짖는 서슬에 잠시 허공으로 날아오른 새떼들, 다시 숲으로 돌아
드는 저녁을 보았습니다. 어둠속에서도, 순결한 영혼들 편히 쉬겠지.

어둠 속에서도

지금 떠나는 이들, 죄 없으면, 다시 돌아오게 될 겁니다.
죄 없으니 다시 돌아오게 될 거라고 적어야 할 이들도 있을 테지요?
—죄 없으니 곧 다시 돌아오시게 될 겁니다!

공룡은 커서 쉽게 배가 고파질거다
공룡은 먹이가 많아야 살수 있고
그래서 풍요한 땅이 필요할거다
공룡은 먹지 못하면 쉽게 지칠거다
그래서 기근을 견디지 못할지도 모른다.
쥐떼는 살아남는 자리에서도
공룡의 생존은 보장되지 않을 테니까. 그저 제 혼잣 생각입니다.
GM·크라이슬러·포드 자동차 소식을 들었습니다. 그래서, ……

큰 짐승

공룡은 먹지 못하면 쉽게 지칠 거다.

그래서 기근을 견디지 못할지도 모른다.

쥐 떼는 살아남는 자리에서도 공룡의 생존은 보장되지 않을 테니까.

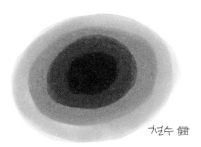

천수 鐵

저 깊은데서, 저 어두운데서 누군가 울고 있고,
거기서 누군가 깊이 좌절하고 절망하고,
거기서 꼭 우리들 같은 사람들이 어쩌면 가난하고 외롭고……
그리고 우리는, 그 깊고 어두운데 있는 이들의 현실과 현재를
까마득하게 모르고 있다면, 시대의 어둠 쉽게 사라지지 않을
테지요? 우리들 눈이 닿지 않고 우리 마음이 닿지않는 저기
수많은 깊고 어두운 세계의 사람들 위해 짧은 기도라도 드리고
싶어지는 밤. 우리 마음이 그 깊은데 닿을수 있기를.

저 깊은 데서

저 깊은 데서, 저 어두운 데서 누군가 울고 있고,

거기서 누군가 깊이 좌절하고 절망하고,

거기서 꼭 우리들 같은 사람들이 어쩌면 가난하고 외롭고…….

엊그제는 수녀님들이 운영하시는 복지시설에 다녀올 일이 있었습니다. 그곳에 혼자한 생각인데요, 수녀님들이 큰차 타고 다니는걸 본 적이 없었네요. 큰차탄 수녀님 보셨어요? 전 중형차 타고 일보는 수녀님도 못 보았습니다.
큰차탄 신부님은 흔해 빠졌는터……
그게, 제가 수녀님들께 고마워하는 이유일지도 모릅니다.
- 수녀님, 어디 가세요?
- 저기 가난한 이웃에게요.
- 큰차탄 성직자들 저는 안 믿습니다. 제 편견이겠지요? 그래도!

어디 가세요?

"수녀님, 어디 가세요?"

"저기 가난한 이웃에게요."

"큰 차 탄 성직자들 저는 안 믿습니다. 제 편견이겠지요? 그래도!"

분바르고 TV에 나갔습니다. 내 안에 있는 폭력·불관용·무지 따위가 아름다움에 반하는 요소라고 말했습니다. 영혼이 맑고 투명해져야 그 싸움을 온전히 할 수 있다는 뜻이었습니다. 그 누구처럼 썩어 빠진 권력 앞에 바치는 반성문이 아니었기를 바랍니다. 싸워야 하지만 함부로 싸우지 않겠다는 다짐이기도 합니다.

힘들터지만 그럴수 있으면 좋겠습니다. 시민사회단체의 청렴이 눈쌀을 찌푸리게 하봤지요? 표적수사니 사정이니 하는 소리도 있지만, 그저 부끄러운 일입니다. 함께하는

청수 [印]

일인만큼 더 투명해야 합니다. 무지개선생님들의 싸움에서는 그런 걱정없어 더 고맙습니다. 날씨 차가운데 밖에서 싸우기 힘드시겠습니다. 그래도 함께하는 학부모와 학생들 있어 힘이 되시겠네요. 한테서 싸움하듯 살아야하는 사람들도 많습니다. 벙어리 장갑 한켤레 그렸습니다. 싸움은 오래가고 쉬 지치기도 합니다. 순정한 마음만 껴안고 백 리 가고 천 리 가보자하는 심정으로 마음부터 가다듬어야합니다. 온 국민이 모두 그런 심정 해야할 상황 아닐까 싶기도 합니다. 힘내세요! 고맙습니다. 순정한 그 마음!

고맙습니다, 순정한 마음!

벙어리장갑 한 켤레 그렸습니다. 싸움은 오래 가고 쉬 지치기도 합니다.
순정한 마음만 껴안고 백 리 가고 천 리 가보자 하는 심정으로
마음부터 가다듬어야 합니다.

겨울 들판에서 문득 날아오르는 새떼들 살림살이 그리 넉넉해 보이지 않는다.
식구들 많은 살림을 보면 무얼로 저 배를 다채우나 싶어진다.
흩어져 혼자되면 오히려 나을지도 모른다 싶다가도, 힘없고 작은 존재들이
무리지어 있는데는 다 이유가 있으리라 싶기도 하다.
그럴 테지! 그럴 테지!
작은것들, 마음도 모으고 몸도 모아서 함께 살아가는 이유가 있을 테지!
흩어지라고, 혼자서 있으라고 하지. 세상의 큰 목소리는.
때로는 해산을 명하기도 하지. 세상의 큰 목소리는,
작은 새들은, 놀라 허공으로 날아오르는 순간에도 흩어지지 않는다. 결코!

작은 새들은

그럴 테지! 그럴 테지!
작은 것들, 마음도 모으고 몸도 모아서 함께 살아가는 이유가 있을 테지!

새벽에 눈뜨면 새날입니다.
햇살이 눈부시지요! 밝습니다.
살아서 맞는 모든아침이 새날입니다.
그 어느 아침도, 전에 있었을 리 없는 옹근 새날입니다. 그렇듯,
존재도 그렇게 새로워져야 합니다.
방금 갓태어난 어린생명에게 새날인것처럼, 늙고 병든 존재에게
주어진 아침도 어쩔 도리 없습니다. 새날입니다.
경이로운 새날을 맞는 기쁨으로 마음 설레고, 몸도 새날을 살아갈
기운으로 넘쳐나시기 바랍니다.
성취와 보람은 물론, 실패와 좌절·실망조차 새날의 경이로움 위에
놓인것을 확인하는 새아침이 되시기 바랍니다.
그렇게, 새해가 시작 되었습니다. 축하드립니다.

새날

살아서 맞는 모든 아침이 새날입니다.

그 어느 아침도, 전에 있었을 리 없는 옹근 새날입니다.

그렇듯, 존재도 그렇게 새로워져야 합니다.

산에 들었습니다.
문화예술인들이 모여 천미터 가까운 산정에서 고천문을 읽고 가벼운 제를 올렸습니다. 겨울산은 모질게 추웠습니다. 우리들끼리는 참 좋은 산행이지만 산짐승에게는 그렇지도 않았던 모양입니다. 산토끼 한마리 마중나오지 않았습니다. 겨울 나무들은 두터운 수피로 속살을 감싸고 추위 속에서도 그저 묵묵하였습니다. 소란스러운 사람들의 발걸음은 겨울산에서 환영 받기 어려운 북청객이었습니다. 겨울조차 겨울 그대로 둘 줄 모르는 너무 부지런한 사람들이었습니다. 산행에서 돌아와 벗어놓은 못가지들만 한아름입니다. 어두워졌으니 그 산은 다시 주인들에게 돌아갔을 테지요?

겨울 산에 들어

산에 들었습니다. 겨울 산은 모질게 추웠습니다.

우리들끼리는 참 좋은 산행이지만 산짐승에게는 그렇지도 않았던 모양입니다.

산토끼 한 마리 마중 나오지 않았습니다.

가난하던 시절,
호주머니가 가벼워진 아버지는
크리스마스 선물대신
오방떡 한봉지를 샀습니다.

식은 오방떡을
프라이팬에 데워 주시면서
아이들에게 말하셨습니다.

올해는 형편이 어려워서
이것밖에 준비하지 못했다고.

오방떡 몇개가 전부였던
그 저녁은, 오랫동안 아이들에게 기억되는 자리가 되었습니다.
아이들은 잘 압니다. 부모의 가난도 잘 알고 부모의 마음도 잘 압니다.
아이들을 바르게 키워가는 건 사랑입니다.
때로 경제적 여유가 아이를 망치듯 가난도 아이를 망치지만,
사랑 결핍이 제일 큰 이슈지요.
아이들은 말없는 사랑조차 온몸으로 느껴 압니다.
아이들 믿으셔도 됩니다. 문제는 늘 어른이지요.
가난이 전염병처럼 번지는 세상에서, 어른노릇 제대로 하려면
마음에 따뜻한것 넉넉하게 준비해야 하지 싶습니다. 힘내시자고!

사랑으로

오방떡 몇 개가 전부였던 그 저녁은,

오랫동안 아이들에게 기억되는 자리가 되었습니다.

아이들은 잘 압니다. 부모의 가난도 잘 알고 부모의 마음도 잘 압니다.

이렇게 흐르는 강을 강이라 부를까?
오리조차 낯설어할 물길에서 '운하 찬가'를 틀어댈 기세인
파렴치한 사람들은, 돈 들여 이국의 강변을 찾아가겠지.

강이 어떻게 생긴 자연인지 아이들에게 설명해 주어야 할
선생님들 막하게 되었다. 강의 제모습은 운하와 다르다고 설명하는
선생님들에게는해직 통보가 내려지게 될지도 모를 일이다.
그러면 어때요. 먹고사는 일이 급한터!
그렇게 말하는 사람들은, 우리가 겪고 있는 금융위기. 경제위기가 그렇게
간단히 극복될수 있는 몸살쯤으로 이해되는 건지도 모릅니다.
강을 팔아 경제회생하고 나면, 카지노 판이 된 시장에서 다시 다 잃고,
그때는 산을 팔고 땅을 팔고 하늘도 팔아서 살아야 하는 걸까요?

낯선 물길

이렇게 흐르는 강을 강이라 부를까?
오리조차 낯설어할 물길에서 '운하 찬가'를 틀어댈 기세인 파렴치한 사람들은,
돈 들여 이국의 강변을 찾아가겠지.

당신이 누구든 어디에 살든 무엇을 하는 사람이든, 세상의 억울한
죽음과 가난이 나와 무관하다고 생각한다면 어리석은 사람입
니다. 잔인한 사람이기도 합니다.
가난을 조장하고 차별을 노골화 하는 시대가 참혹한데, 중동에서는
무고한 시민을 직접 겨냥한 폭격이 계속 되고 있습니다.
이미 세상은, 가난한 사람과 억울하고 힘없는 이들의 목소리가 들리
지 않은지 오랩니다. 우리 모두 더 가난해지고 더 억울하고 더 외로워지면
그때가서 언론의 공정성을 찾으시겠습니까. 언론은 지금 당장 공정해야합니다.

지금

이미 세상은,
가난한 사람과 억울하고 힘없는 이들의 목소리가 들리지 않은 지 오랩니다.
우리 모두 더 가난해지고 더 억울하고 더 외로워지면
그때 가서 언론의 공정성을 찾으시겠습니까.

거수 輩

늦가을, 된서리에 한꺼번에 쏟아져 버린 낙엽들이 거기 있었는데 ……
이 겨울에는 흩어져 버렸습니다. 나뭇가지에 아무것도 남지 않았습니다.
해직과 실직의 끝도 이럴거라. 뿔뿔이 흩어지고 헤어져 외로워지는 일.
겨울 깊어, 땅은 부풀어 오릅니다. 열어 붙는 거지요. 지금이 그렇습니다.
살아 있는 생명에게는 제일 가혹하고 힘든 시기입니다.
얼음과 서릿발과 눈보라의 계절입니다. 시린 겨울이지요.
그러나 죽음의 계절이라고요?
그런 꿈을 꾸실건 없습니다. 시린 겨울의 짧은 한낮을 밝히는 햇볕이
이야기합니다. 겨울도 간다고. 봄을 이긴 겨울 없다고. 봄볕에 가랑잎
먼저 더워질거라고. 이 계절은 누구에게나 힘겹다고. 그러나, 외로움에
지지 말라고. 겨울 햇볕 같은 인연들이 곁에 와 있을 거라고.

지지 말라고

시린 겨울의 짧은 한낮을 밝히는 햇볕이 이야기합니다.

겨울도 간다고. 봄을 이긴 겨울 없다고. 봄볕에 가랑잎 먼저 더워질 거라고.

이 계절은 누구에게나 힘겹다고. 그러니, 외로움에 지지 말라고.

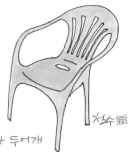

우리들 이렇게
참 가난하지만,
싸구려 플라스틱의자 두어개
뜰에 들여 놓은 까닭은
가끔 그의자에 기대어 쉬려는 생각 있어서입니다. 인생에 제일 간절한
것이 쉬는거지요. 마음내려놓고, 피할수없는 고해의 번뇌 잠시나마
잊는거지요. 눈비에 곰팡이 슨 싸구려에 기대서라도!
미네르바의 정체가 밝혀졌다지요? 저는 그 소식, 전해 들었습니다.
제가 짐작하고 그린 모습과 많이 다르다고 했습니다. 믿기가 어려워서
이러고 있습니다. 대단한 천재가 나타났나 봅니다. 사실이라면!
어려운 시대에, 30대의 안목이 그만 할수 있었다면 참 고마운 일입니다. 우리
세대는 세상걱정 다 잊고 저의자하고 친구하며 지내도 되겠습니다.

의자하고 친구하며

인생에 제일 간절한 것이 쉬는 거지요.

마음 내려놓고, 피할 수 없는 고해의 번뇌 잠시나마 잊는 거지요.

눈비에 곰팡이 슨 싸구려에 기대서라도!

초라하고 힘겹지만, 일 속에 존재와 삶에 대한 성찰 있을 수 있어서 노동하는 삶이 아름답습니다. 일하지 않으면서 넉넉한 살림살이 부러워하지 마세요. 우리 다같이 보고 있지 않습니까? 쉽게 살아가려다, 없는 가첩를 부풀린 탓에, 겪게되는, 금융위기가 온세계를 고통으로 몰아넣었습니다. 주식이 어떻게 생겼는지도 모르고 사는게, 없으면 안쓰고 사는게, 옹색스러울지도 모르지만 이럴때 그것도 괜찮았던데요? 좋은사람들 곁에서 외롭지 않으면 다 얻는 것 아닌가요?

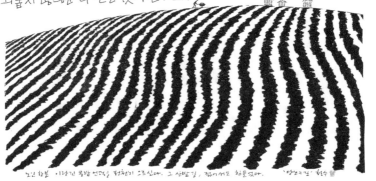

노긴 하늘 · 1단긴 콕밭 언덕을 천천히 오른신다. 그 산발길, 걸어서도 하룹없어. '달보기길' 천수

외롭지 않으면

초라하고 힘겹지만, 일 속에 존재와 삶에 대한 성찰 있을 수 있어서
노동하는 삶이 아름답습니다.
일하지 않으면서 넉넉한 살림살이 부러워하지 마세요.

경남 醬

이웃에서 시래기해장국 끓였다고 부릅니다. 종일 판화밑그림 그리다
피곤해지면 잠시 손놓고 바깥바람 쐬는 일로 휴식을 삼습니다. 마침
잘되었다 싶어 찬바람 부는 길로 나섰습니다. 가서, 연탄불에 오래
끓였다는 시래기국에 갓지은 콩밥 말아 먹었습니다. 저집 김치보다
양념이 짙은 감장김치맛도 보았습니다. 진한 맛은 진해서, 순한 맛은
순해서 좋은 법이지요. 남들하고 관계는 그렇게 조금씩 다른 걸 이해
하고 받아들이는 겁니다. 우리집 맛만 고집하면 이웃의 진미를 깊이
알고 즐길수 없지요. 맛있게 먹는다고 작은 냄비에 따로 담아줘, 국을
들고 왔습니다. 이해하면 좋은 일도 생긴다고, 이야기해도 되는 거지요?

이웃집 맛

진한 맛은 진해서, 순한 맛은 순해서 좋은 법이지요.

남들하고 관계는 그렇게 조금씩 다른 걸 이해하고 받아들이는 겁니다.

우리 집 맛만 고집하면 이웃의 진미를 깊이 알고 즐길 수 없지요.

살면서 두고두고 힘이 되는 기억
있으시지요? 가난하던 시절,
뻔한 가난을 내색하지 않으려
애쓰시던 어머니가 생각납니다.
힘겨운 삶이 자식들의 일상에 깊은
그늘과 상처가 되지 않게 하려고 애쓰시던
어머니에게서 제일 큰 위로와 용기를 얻었습니다.
물론, 그 가난이 어디로 가지는 않았지만 견디고 이길 수 있었습니다.
우리 시대에, 어머니로 사는 당신께 이 기억을 전해 드리려고요. 힘 내세요.

철수 蠻

어머니로 사는 당신께

힘겨운 삶이 자식들의 일상에 깊은 그늘과 상처가 되지 않게 하려고
애쓰시던 어머니에게서 제일 큰 위로와 용기를 얻었습니다.
물론, 그 가난이 어디로 가지는 않았지만 견디고 이길 수 있었습니다.

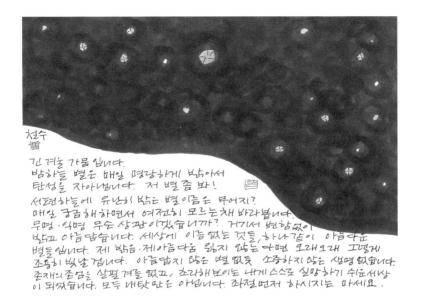

천수

긴 겨울 가뭄입니다.
밤하늘 별은 매일 명랑하게 반짝여서
탄성을 자아냅니다. 저 별 좀 봐!
서편하늘에 유난히 밝은 별 이름은 뭐더라?
매일 궁금해하면서 어정쩡히 모르는채 바라봅니다.
무명·익명 무슨 상관이겠습니까? 거기서 변함없이
밝고 아름답습니다. 세상에 이름 없는 것들, 하나같이 아름다운
별들입니다. 제 밝음·제 아름다움 잃지 않는다면 오래오래 그렇게
조용히 빛날 겁니다. 아름답지 않은 별 없듯 소중하지 않은 생명 없습니다.
존재의 존엄을 살필 겨를 없고, 초라해보이는 내게 스스로 실망하기 쉬운세상
이 되었습니다. 모두 내탓 만은 아닙니다. 좌절먼저 하시지는 마세요.

아름답지 않은 별 없듯

무명, 익명 무슨 상관이겠습니까? 거기서 변함없이 밝고 아름답습니다.
세상에 이름 없는 것들, 하나같이 아름다운 별들입니다.

철수 圖

산길에서 탄피하나 주웠습니다.
새를 겨누어 쏘는 총알의 껍데기라고 누가 알려줍니다.
들고와서 책상머리에 두고 보고있습니다. 이물건이 무엇하는 물건인고?
-살아 있는 것을 노리고 겨누고 쏘는데 쓰던 물건입니다.
-생명 있는 것을 죽이자고 만든 물건이지요.
이순간에도, 전쟁이 벌어져서 크고 작은 탄피가 쏟아지는 세상이 있습니다.
살의를 담아서 파는 일이 인간세계에서 제일 큰 기업 가운데 하나라는
건 누구나 아는 사실입니다. 죽음을 파는 일도 가능한 세상에서 우리가
사는거지요! 무서운 일인데 그리 실감이 나지 않으니, 참 많이 무뎌진게
우리 감성입니다. 무기 없는 세상이 오기는 할까요?
방아쇠로, 버튼하나로, 간단히 목숨을 빼앗는 그 단순성·편리성에 더해
보이지 않는 원거리 공격이 살인을 더욱 부추기기도 합니다. 몹쓸세상!

탄피 하나

이 순간에도, 전쟁이 벌어져서 크고 작은 탄피가 쏟아지는 세상이 있습니다.
살의를 담아서 파는 일이 인간세계에서 제일 큰 기업 가운데 하나라는 건
누구나 아는 사실입니다.
죽음을 파는 일도 가능한 세상에서 우리가 사는 거지요!

눈가고 바람이 왔다.
늘 그렇듯, 풍경에는 눈이 쌓이지 않는다.
풍경은 옛일 기억하지 않는다.
늘 이순간을 살지. 거친 바람 마다하지 않고 !

정수 麗

풍경

눈 가고 바람이 왔다.
늘 그렇듯, 풍경에는 눈이 쌓이지 않는다.

신령스러워 보이는
큰나무는, 성장이 멈추기까지
해를 바라보며 자랍니다. 옛어머니들은 거기 치성을 드렸지요.

사람은 돈을 바라고 혼신의 힘을 다해 사는 듯 보입니다
돈은 해와 같지 않아서 우리 생명을 온전하게 이끌어 주지는
못합니다. 돈이 빚어낸 재앙을 보면 알지요.

돈에서 조금 자유로와 지자고 말하려니, 돈에 배신당한 가난한
사람들이 눈에 밟혀 차마 그러지도 못하겠습니다. 고통스러운 시대가
열리고 있습니다. 그 속에서, 작은 지혜라도 얻게 되기를 빌어야지요.

돈은 해와 같지 않아서

사람은 돈을 바라고 혼신의 힘을 다해 사는 듯 보입니다.
돈은 해와 같지 않아서 우리 생명을 온전하게 이끌어주지는 못합니다.
돈이 빚어낸 재앙을 보면 알지요.

실타래, 노끈뭉치. 가는 철사묶음. 실뭉치. 고추끈. 철망 ……
한번 놓치면 가닥을 잡아내기 어려운 물건입니다.
마음이 꼭 그렇지요? 인생사 힘이 들지만, 그와중에도
꼭 쥐고 있어합니다.
죽기살기로 쥔다고 될일은 아니겠지요?
자연스럽게! 긴장은 금물입니다. 놓치지 않으면서도
일은 일대로 살 풀어가는게 요령입니다.
어려워 보이지만, 익으면 곧잘 된다고 하네요.
어머니들 도 잘하시지요. 농사꾼들도 익숙하게하고,
일꾼들도 헐렁하게 합니다.
마음건사는 누구나 잘해야 할걸요? 안다치고 살자면!

마음 건사

실타래, 노끈 뭉치, 가는 철사 묶음, 실 뭉치, 고추 끈, 철망……
한 번 놓치면 가닥을 잡아내기 어려운 물건입니다. 마음이 꼭 그렇지요?
인생사 힘이 들지만, 그 와중에도 꼭 쥐고 있어야 합니다.

겨울 가겠지요?
겨울이 가고 나면
봄이 오겠지요.
죽는듯 고요한 가지에서
각색의 꽃망울이 터지고,
거친 껍질을 뚫고
새싹이 돋아나지 않겠어요?
우리는 그곁으로 봄나들이 가서, 기껏
꽃이 곱다! 꽃이 곱다! 하지 않겠어요?

겨우내 따뜻한 구들장 지고 누워
봄날 오시는데 마음 한 점
보태지 않는 것들일수록,
봄나들이에 옷맵시 요란스럽게
차려입고, 꽃이 곱네 맵네!
봄이 봄같지 않네! 하지 않겠어요?

겨울도 가겠지요?

겨울이 가고 나면 봄이 오겠지요?
죽은 듯 고요한 가지에서 각색의 꽃망울이 터지고,
거친 껍질을 뚫고 새잎이 돋아나지 않겠어요?

청산 아름답고,
눈덮인 고산준령이 장엄하지만,
그산을 걸어오르고, 기어넘자면 험한 길이다.
민주주의 ― 정의롭고 우애있는 아름다운 사람들의 세상이
그렇다던데,
멀리보이는, 산세험하고 높은 저산이 그것같다.

험한 길

민주주의 ― 정의롭고 우애 있는 아름다운 사람들의 세상이 그렇다던데,
멀리 보이는, 산세 험하고 높은 저 산이 그것 같다.

슬픔이 많아지셨거든,
아픔이 많아지셨거든, 그게 마음에 너무 큰자리 차지해
있거든, 일일이 불러와 앉히고 이야기 나누세요.
인사하는 거지요.
오셨느냐고! 오래계시지는 말라고!
그러기에 적당한 자리는 아니라고!
조용히 계시다가, 떠날때 다시 인사하자고 해도 좋겠지요?

오래 계시지는 말라고

슬픔이 많아지셨거든, 아픔이 많아지셨거든, 그게 마음에 너무 큰 자리 차지해 있거든,

일일이 불러와 앉히고 이야기 나누세요.

인사하는 거지요. 오셨느냐고! 오래 계시지는 말라고!

돌아보면
발자국 마다
은총이 있었네

초상집에서 유난히 섧게 우는 사람 보면 자기설움이 많은가 보다고 합니다. 큰 성직자의 영결식을 치르기까지 우리가 품은 애도와 추모의 심경이 꼭 그렇지 싶습니다. 따뜻한 권위와, 소외되고 그늘진 이웃에 대한 사랑과, 부조리한 권력에 대한 의젓한 꾸짖음까지, 당신의 존재가 고마웠습니다. 그리고, 그런 존재가 지금 우리 사회에 얼마나 간절히 필요한지 세상이 모두 알고 있습니다. 당신의 그늘이 새삼스러운거지요. 성직은 세상의 그런 기대를 위해 있어야 하는 거지요?
감사를 드리며,
성호를 긋습니다.

'돌아보면 첫수'

성호를 긋습니다

따뜻한 권위와, 소외되고 그늘진 이웃에 대한 사랑과,
부조리한 권력에 대한 의젓한 꾸짖음까지,
당신의 존재가 고마웠습니다.

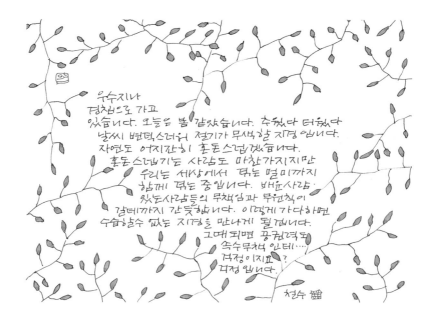

우수지나
경칩으로 가고
있습니다. 오늘은 봄 같았습니다. 추웠다 더웠다
날씨 변덕스러워 절기가 무색할 지경입니다.
자연도 어지간히 혼돈스럽겠습니다.
혼돈스럽기는 사람도 마찬가지지만
우리는 세상에서 겪는 멀미까지
함께 겪는 중입니다. 배운사람·
있는사람들의 무책임과 무원칙이
갈데까지 간듯합니다. 이렇게 가다하면
수습할수 없는 지경을 만나게 될겁니다.
그때되면 꼼짝없이도
속수무책 인데…
걱정이지요?
걱정입니다.

청수 (印)

속수무책

추웠다 더웠다 날씨 변덕스러워 절기가 무색할 지경입니다.
자연도 어지간히 혼돈스럽겠습니다.
혼돈스럽기는 사람도 마찬가지지만
우리는 세상에서 겪는 멀미까지 함께 겪는 중입니다.

별 없는 하늘을
잠시 바라보고,

빌어먹을!
별도 없네.
했습니다.

돌아들어온 방에는
전등이 환했습니다.
가짜가,
진짜보다 더
밝았습니다.
진짜?
가짜?
별보다 더 영롱한
존재의 빛을
보여주는

선하고 너그럽고
따뜻한 존재가
왜 없겠어요.
늦은 밤에,
혼자서, 별같고,
달같고, 그늘에서
은근한 얼굴로
피는 꽃같은
사람들을 생각해
보고 있습니다.
세상 어둡다
어둡다 해도,
그렇게, 생각하면
마음이다 환해지는
사람들 있으니
살아볼만 합니다.

밤마다 명하늘 별들이 잦아들어 놓아가는 콘나무 환그루, 아침이면
잎저녁을 다 잊는 콘나무 한그루 '콘나무 환그루' 정수뜰

별보다 더 영롱한

늦은 밤에, 혼자서, 별 같고, 달 같고,
그늘에서 은근한 얼굴로 피는 꽃 같은,
사람들을 생각해보고 있습니다.

이 사람아, 바람이 서쪽으로 불어도 동으로 눕는
잎이 있는 법이지! 서쪽으로 누운 잎사커라도, 잠시
바람 그친 틈에는 다시 동으로 돌아와!
　　그게 생명이거든!
꿋꿋이야 어찌하나, 쇠꼬챙이도 아니고.
빌딩도 꼭대기는 바람을 타고 흔들린다더군. 그게
서 있는 비법이라면 비법일테지. 안 그런가?
　　그리 알어!
추운 밤에, 그리운 선생님 흉내를 내보았습니다.

서 있는 비법

이 사람아, 바람이 서쪽으로 불어도 동으로 눕는 잎이 있는 법이지!
서쪽으로 누운 잎사커라도, 잠시 바람 그친 틈에는 다시 동으로 돌아와!
그게 생명이거든!

오늘 또,
매가 날았다.
늦겨울 산야는 숨을 데 없이 황량하다.
작고 힘없는 짐승들에게 겨울은,
춥고 배고프고 두려운 계절이다.
내린 눈조차 여린 생명의 편 아니다.
매가 날았다.

정수 淸水

매가 날았다

작고 힘없는 짐승들에게 겨울은, 춥고 배고프고 두려운 계절이다.
내린 눈조차 여린 생명의 편 아니다.
매가 날았다.

사는 동안 꽃처럼

행여
누가, 봄이 어찌 오더냐?
물으실까, 실없이 봄을
그려 보았습니다.
생명 있는 것들 참 용하지
봄을 모르는 법이 없습니다
봄기운 자욱한 길에서,
사람으로 사는것 참 별것
아니다! 별것아니다! 하고 돌아 가서.

철수 廳

봄기운 자욱한 길에서

행여 누가, 봄이 어찌 오더냐? 물으실까, 실없이 봄을 그려보았습니다.
생명 있는 것들 참 용하지. 봄을 모르는 법이 없습니다.

겨울이 끝났습니다.
꽃눈이 다와 버렸는 걸요! 이제,
떨어져 내린 겨울잎은 결코 나뭇가지 위로 다시
올라갈수 없습니다. 갈것이 가고 올것이오는 봄날
처럼, 거짓이 사라지고 더러운것이 떠나고 아름다운
것들이 꽃처럼 오는 날을 기다리느라, 봄을 기다리는 시를
쓰는 시인들이 있었을 겁니다. <거대한 일상>을 야금
야금 읽고 있습니다. 백무산의 시집입니다. 겨우내
양식을 삼았던 셈입니다. 권력은 거짓말을 일삼고
백성도 폭설을 참지 못하는 나날 입니다. 소주·커피
대신 시집한권! 그렇게라도 마음 거두어 보시자고……

시집 한 권

갈 것이 가고 올 것이 오는 봄날처럼, 거짓이 사라지고 더러운 것이 떠나고
아름다운 것들이 꽃처럼 오는 날을 기다리느라,
봄을 기다리는 시를 쓰는 시인들이 있었을 겁니다.

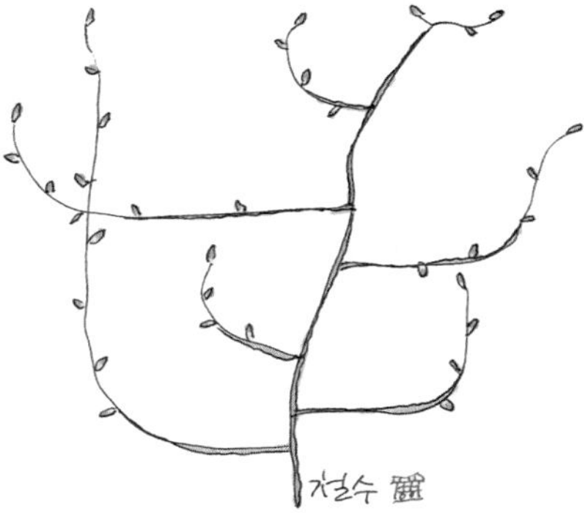

개울가에 나갔더니, 산수유 가지가지마다 꽃눈이 보인다.
은밀하다! 은밀하다! 봄하고 산수유.
그렇게, 은밀한 내통이 있었구나! 죄많은 봄날이다.
그런 내통이야 무얼로 막나? 아내와 손잡고 돌아오는 봄길.
부끄러움도 모르는 봄빛이 만장해 있는 간지러운 봄길.

은밀하다!

개울가에 나갔더니, 산수유 가지 가지마다 꽃눈이 보인다.

은밀하다! 은밀하다! 봄하고 산수유.

그렇게, 은밀한 내통이 있었구나!

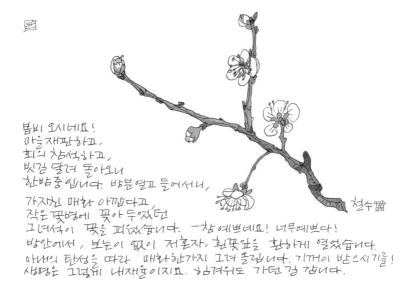

봄비 오시네요!
마을 재판하고,
회의 참석하고,
빗길 달려 돌아오니
한밤중입니다. 방문 열고 들어서니,

가지 친 매화 아깝다고,
작은 꽃병에 꽂아 두었던
그 녀석이 꽃을 피웠습니다. 一참 예쁘네요! 너무 예쁘다!
방안에서, 보는 이 없이 저 혼자, 흰 꽃잎을 환하게 열었습니다.
아내의 탄성을 따라 매화 한가지 그저 즐겁니다. 기꺼이 받으시기를!
생명은 그렇듯 내재율이지요. 힘겨워도 가야할 길 갑니다.

보는 이 없이 저 혼자

가지 친 매화 아깝다고, 작은 꽃병에 꽂아두었던 그 녀석이 꽃을 피웠습니다.
"참 예쁘네요! 너무 예쁘다!"
방 안에서, 보는 이 없이 저 혼자, 흰 꽃잎을 환하게 열었습니다.

눈도 쉬고 마음도 쉬고 하느라, 날씨 따뜻한 한낮에 잠시 가벼운 산책, 다녀옵니다. 작은 능선 세개를 넘어 돌아오면 한시간? 그쯤 걷고 나면 몸도 편안해합니다. 능선 따라 희미하게 나 있는 산길에, 숲청소하느라 베어낸 나무들이 어수선하게 흩어져 누웠습니다. 산책길에, 작대기 하나 들고 산길청소를 했습니다. 산책이 조금 길어지긴 했지만 내일부터는 산책길이 한결 편해질테지요. 우리가 길을 열었다고 아내도 좋아라합니다. 거저 열리는 길이 어디 있겠어요? 손길이 닿고, 발길이 잦아야, 길이 길다워지지요. 산책하시겠어요?

산책

산책길에, 작대기 하나 들고 산길 청소를 했습니다.
산책이 조금 길어지긴 했지만 내일부터는 산책길이 한결 편해질 테지요.
우리가 길을 열었다고 아내도 좋아라 합니다.

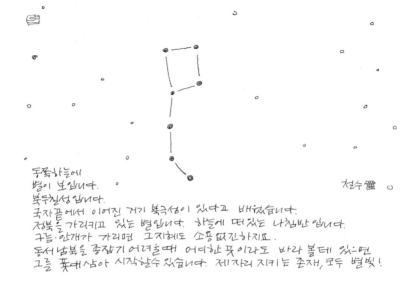

동쪽하늘에
별이 보입니다.
북두칠성 입니다.
국자끝에서 이어진 거기 북극성이 있다고 배웠습니다.
정북을 가리키고 있는 별입니다. 하늘에 떠있는 나침반 입니다.
구름·안개가 가리면 그지혜도 소용 없긴하지요.
동서남북을 종잡기 어려울때 어떠한 곳이라도 바라 볼테 있으면
그를 푯대삼아 시작할수 있습니다. 제자리 지키는 존재, 모두 별빛!

철수 書

하늘의 나침반

동서남북을 종잡기 어려울 때 어디 한 곳이라도 바라볼 데 있으면
그를 푯대 삼아 시작할 수 있습니다.
제자리 지키는 존재, 모두 별빛!

청수籤

춥고, 어둡습니다.
하늘에 인정머리 없기를
바라지는 않았습니다.
갑작스러운 추위가 야속한테
눈 올 길테가 없었을 따름.

바람도 거칠게 봅니다. 새벽들에 쓰러져 있는 것들 있겠습니다.
그래도, 꽁꽁싸매고 방안에 들어 앉아 한시도 못쉬는 풍경소리나
듣습니다. 개도 안짖고 닭도 울지 않습니다. TV 켜놓고 소리만
듣습니다. 세상에는 몹쓸짓하는 사람들이 여전히 많은가 봅니다.
안도 춥고 밖도 추운 날입니다. 감기 조심하셔야 겠습니다. 쉬세요.

춥습니다

개도 안 짖고 닭도 울지 않습니다. TV 켜놓고 소리만 듣습니다.

세상에는 몹쓸 짓 하는 사람들이 여전히 많은가 봅니다.

안도 춥고 밖도 추운 날입니다.

바람 거칠게 불던 날 허공을 날아가는 가벼운 것들 보았습니다.
가벼우면 그렇게, 제 갈 길을 모르는 채 떠돌기 마련입니다.
바람이 운명이 되는 거지요.
영혼의 자유는 꿈꾸어야 하지만, 갈 데 없는 부랑의 영혼에서는
배울 바가 적습니다. 바람 잦은 봄날입니다. 내 마음의 풍경처럼
허랑한 발걸음들, 자주 만납니다. 마음에, 풍경추라도 하나!

마음에 풍경추 하나

바람 거칠게 불던 날 허공을 날아가는 가벼운 것들 보았습니다.
가벼우면 그렇게, 제 갈 길을 모르는 채 떠돌기 마련입니다.
바람이 운명이 되는 거지요.

천수蟹

앞서 오신 손님들 계신터, 손님들이 더 오셨습니다. 그럴때 있지요? 어린 아기를 데리고 온 뒷손님들은 젊었습니다. 죄송이지만 그저 편안하게 맞았습니다. 제집 손님맞이가 늘 그렇습니다. 의전이 필요한 자리 없지 있고, 그저 큰실례가 되지 않으면 족하다고 생각하는 거지요. 차한잔하고 서둘러 일어서는 손님들 중에 잘돗는 갓난아기와 조금 손위일 누나가 있어 아빠가 작은 파이하나를 주어 주었던가 봅니다. 앞서 오신 분들이 들고온 선물이었습니다. 앙징맞은 손에 파이를 들고, 아기가 이야기했습니다. ─"가면서 나눠 먹어야지!" 전 그렇게 들었습니다. 세상에! 서너살 되어 보이는 아기입에서 나누어 먹는다는 이야기가 나오다니요! "욕심만 본성 일리 없다고 다시생각해야겠습니다. 게시판에, 아기 아빠가 올린 글이 있네요!

나눠 먹어야지!

"가면서 나눠 먹어야지!" 전 그렇게 들었습니다.
세상에! 서너 살 되어 보이는 아기 입에서 나누어 먹는다는 이야기가 나오다니요!
욕심만 본성일 리 없다고 다시 생각해야겠습니다.

겨울 흔적을 걷어냅니다.
춘분을 기다리는, 음력2월 하순치고는
너무 더뒀습니다. 빛 바랜 시래기며
겨울나지 못하는 화분속 화초 두루 챙겨서 퇴비장으로 실어냅니다.
빈 화분에 담을 것은 아직 준비하지 못했습니다. 시절 어지러워서
마음 무겁다고, 아내가, 화사한 꽃이라도 보고 살자하며 새꽃 모종을
준비하지 샀습니다. 그거기라도 해야지요!
'답지 못하다'는 말 자주하지요? 아이가 아이답지 못하고, 젊은이가
젊은이 답지 못하고, 어른이 어른답지 못한 세상이 되고 있습니다.
법조의 자정이라 할 대법관이 법관답지 못한 짓 했었더니, 끝끝내
유치하게 굽니다. 스스로 법을 능멸하는 이가 법조의 고위직에 있을
수 있는 사회가 되었습니다. 그게 어디 법조계 뿐인가요? 뭐, 이런 나라가
다 있느냐고 한 사람이 있었다지요? 그게나 말입니다!

답지 못하다

'답지 못하다'는 말 자주 하지요?
아이가 아이답지 못하고, 젊은이가 젊은이답지 못하고,
어른이 어른답지 못한 세상이 되고 있습니다.

철수 鐵

봄날만 거침없이 옵니다.
인질처럼 산골마다 붙잡혀
있던 얼음이 다 풀려 개울마다
물소리 들립니다. 모닥불처럼
몸바랜 갈대가 그 소리듣고
섰는 걸까요? 봄이 오고 있습니다.
더운 봄! 사람 잘못 만나서,
계절도 고생입니다.

봄날

봄날만 거침없이 옵니다.
인질처럼 산골마다 붙잡혀 있던 얼음이 다 풀려
개울마다 물소리 들립니다.

어른 주먹만한 병에 볶은콩이 들어 있습니다.
다녀간 젊은 손님이 두고간 선물입니다. 볶은콩 좋아하느냐고 묻더니 …… 볶은콩을 다 파는가했습니다.
먹고 난 원액사과쥬스 병에 검정콩을 볶아넣으니 정성이 담긴 작은 선물이 되었습니다. 돈내면 차에 실어 주는 선물 보다 한결 좋아보입니다. 이건 선물! 참 반갑습니다.
더러운 돈 주고받는 이야기가 들립니다.
모르긴 해도, 지금도 그렇게 오가는 돈이 있지 싶습니다.
그 돈에서 고소한 냄새가 나기를 기대하기는 어렵겠지요?
모두 마음에서 나는 냄새지요. 오늘도 떠났습니다. 더운 봄밤에.

마음에서 나는 냄새

더러운 돈 주고받은 이야기가 들립니다.
모르긴 해도, 지금도 그렇게 오가는 돈이 있지 싶습니다.
그 돈에서 고소한 냄새가 나기를 기대하기는 어렵겠지요?

제 밭경계와 닿아 있는 댁에서 오래된 담을 헐어 내셨습니다. 한 이태 된 지금까지 밭가에 쌓여 있던 돌을 실어다 연못가에 쌓고 있습니다. 겨울 지내면서 주저앉고 가라앉는 연못 주변을 손보는 일입니다.
한가한 형편이 아니지만, 책상머리에서 조바심하다 보면 마음보다 몸이 먼저 지치는 터라, 일하다 잠깐씩 나가서 몸을 움직입니다. 몸을 쓰면 마음이 평화로워지는 법이지요. 담장이 되었다가 연못가 석축이 되고 있는 돌을 보면서, 헐어서 되쓸 수 있는 자연물―돌의, 됨됨이를 다시 생각하게 되네요. 담장 헐어 낸 흙은, 벌써 제 밭에 흙으로 돌아가서, 고구마. 감자 키우고 있습니다.

담

담장이 되었다가 연못가 석축이 되고 있는 돌을 보면서,

헐어서 되쓸 수 있는 자연물 ― 돌의, 됨됨이를 다시 생각하게 되네요.

담장 헐어낸 흙은, 벌써 제 밭에 흙으로 돌아가서, 고구마, 감자 키우고 있습니다.

들에 초록이 깃들기 시작했습니다.
남녘에는 꽃소식도 있겠지요?
나라가 참 작아 살다가도, 그게 꼭 그렇지 만도 않은가보다 할
때가 이럴때 입니다. 가뭄중에 폭우피해 소식 들을때도 그런
생각 했습니다.
만장하신 초록 안에서 마음도 몸도 초록에 물들어 버리는 꿈을 꿉니다.
흙에 땀을 뿌리는 삶대신 헬스클럽 마룻바닥에 땀을 흘리는 시대
를 삽니다. 말쑥하긴해도 왠지 깊이 미덥지는 않았습니다.
금융위기나 경제위기나 하는 소리 자주 듣는 요즘은, 퇴비 뿌려 놓은
밭을 보면서, 어쩌면 그밭이 우리 문명의 내일 일지도 모른다고 생각
하고는 합니다. 그랬으면 좋겠다는 생각도 없지 않구요.

만장하신 초록 안에서

만장하신 초록 안에서 마음도 몸도 초록에 물들어버리는 꿈을 꿉니다.
흙에 땀을 뿌리는 삶 대신 헬스클럽 마룻바닥에 땀을 흘리는 시대를 삽니다.
말쑥하긴 해도 왠지 깊이 미덥지는 않았습니다.

자욱한 봄싹들 위에 싸늘한 눈발이
내리는 봄밤입니다. 여린 것들이 고통을
따름입니다. 사람의 초라한 연민으로는
봄싹 덮을수 없습니다. 봄이 잔인한 계절

견뎌주기를 바랄
눈발 막지 못하고
이라터니 ……

견뎌주길……

자욱한 봄싹들 위에 싸늘한 눈발이 내리는 봄밤입니다.
여린 것들이 고통을 견뎌주기를 바랄 따름입니다.
사람의 초라한 연민으로는 눈발 막지 못하고 봄싹 덮을 수 없습니다.

화택이라고 합니다. 불길에 휩싸인 집 이라는 말이지요? 고통스러운 세상을 비유한 표현입니다. 갈수록 그 표현이 실감 났습니다. 세상이 무서워집니다. 깊고 짙은 외로움이, 화택세상을 사는 우리들의 내면입니다. 외롭게 죽어가고, 외롭게 싸우고, 외롭게 견디는게 인생인가 싶기도 합니다. 거센 불길이 나를 삼키지 못하게 하려면 서로 뜨겁게 관심을 주고 받아야합니다. 고립은 죽음의 시작입니다. 혼자서는 이 거친 불 끄지 못하고, 불길속에서 살아남지도 못합니다. 외롭거든 손 내어 밀고, 내어민 손 마주잡아 주자고 이야기하고 싶었습니다.

철수 璽

화택

세상이 무서워집니다.

깊고 짙은 외로움이, 화택 세상을 사는 우리들의 내면입니다.

외롭게 죽어가고, 외롭게 싸우고, 외롭게 견디는 게 인생인가 싶기도 합니다.

정수 畵

-개똥같은 시대에도 꽃이 핀다.
속도 없는것!
속없이 피고지는 그자리여서, 사람도 나고 살다죽는줄 아시지?
봄날 온종일 그생각! 무고하게 죽기도 하는 세상이지만, 산것들
꽃처럼 아름답고, 꽃처럼 행복하고, 꽃처럼 속없이 살아가기를.

속없는 것!

　　　　　── 개똥 같은 시대에도 꽃이 핀다. 속도 없는 것!

　　　　　　　무고하게 죽기도 하는 세상이지만,

　　　산 것들 꽃처럼 아름답고, 꽃처럼 행복하고, 꽃처럼 속없이 살아가기를.

아직 다 스러지지 않은 겨울잎이 연두빛
새순들 속에서 묵묵하다. 피고 지는 것이
함께 있는 풍광으로, 새한마리 날아들었다.
피고지는 동안에, 드나드는 손님이 계실것도
당연한 일이지. 봄날, 숲이 그렇습니다.

청수 印

봄날, 숲

아직 다 스러지지 않은 겨울 잎이 연둣빛 새순들 속에서 묵묵하다.
피고 지는 것이 함께 있는 풍광으로, 새 한 마리 날아들었다.

천수

아직 파리 날때가 아닌데, 파리가 집안에
보입니다. 겨울을 용케 견딘 모양입니다.
— 너참 대단하구나!
— 멋진 녀석인데!
뭐 그리 대단한 걸 해냈다고 그런 칭송의 념을
품게 되었는지는 저도 모르겠습니다.
시절이 벼랑 끝 같고, 거기서 살아남는 일이
파리의 겨울 나기 처럼 어려워 보인 탓일까요!
나 먹자고 끓인 커피한잔, 겨울 견딘 파리
에게 대접했습니다. 많이도 안드시던데요?

너 참 대단하다!

아직 파리 날 때가 아닌데, 파리가 집 안에 보입니다.

겨울을 용케 견딘 모양입니다.

—너 참 대단하구나!

멋진 녀석인데!

봄꽃들

숲속에 봄꽃들 참 작다. 저만 오냐오냐 하고 키우는 손이 없는 탓이다.
꽃 색 곱고, 꽃 향도 짙은 게 그 덕분이겠지!

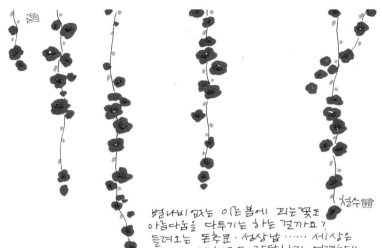

벌나비 없는 이른 봄에 피는 꽃도
아름다움을 다투기는 하는 걸까요?
들려오는 돈추문·성상납 …… 세상은
드러난 것만으로도 감당하기 어려운데,
봄꽃이 내 뜰에만 피어날 리 없는 것처럼 우리 시대의 추문도 처처에
만연해 있을 것 생각하면 진저리쳐집니다. 꽃보며, 마음 잠시 쉬세요!

청수籃

마음 잠시 쉬세요

세상은 드러난 것만으로도 감당하기 어려운데,

봄꽃이 내 뜰에만 피어날 리 없는 것처럼

우리 시대의 추문도 처처에 만연해 있을 것 생각하면 진저리쳐집니다.

꽃 보며, 마음 잠시 쉬세요!

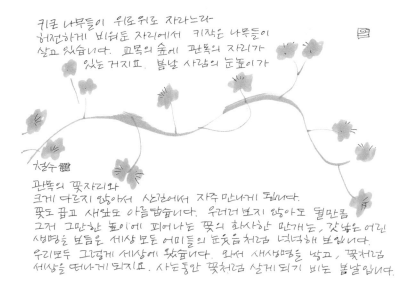

키큰 나무들이 위로위로 자라느라
허전하게 비워둔 자리에서 키작은 나무들이
살고 있습니다. 교목의 숲에 관목의 자리가
있는 거지요. 봄날 사람의 눈높이가

천수 鐵

관목의 꽃자리와
크게 다르지 않아서 산길에서 자주 만나게 됩니다.
꽃도 곱고 새잎도 아름답습니다. 우러러 보지 않아도 될만큼
그저 그만한 높이에 피어나는 꽃의 화사한 만개는, 갓 낳은 어린
생명을 보듬은 세상 모든 어미들의 눈웃음처럼 넉넉해 보입니다.
우리모두 그렇게 세상에 왔습니다. 와서 새생명을 낳고, 꽃처럼
세상을 떠나게 되지요. 사는동안 꽃처럼 살게 되기 비는 봄날입니다.

사는 동안 꽃처럼

그저 그만 한 높이에 피어나는 꽃의 화사한 만개는,
갓 낳은 어린 생명을 보듬은 세상 모든 어미들의 눈웃음처럼 넉넉해 보입니다.
우리 모두 그렇게 세상에 왔습니다.

산불이 잦습니다.
비소식 없고, 봄바람 거칠어서, 한번 시작하면 여간해서 잡히지
않는 불길입니다. 잃는 것이 많습니다. 겨울 이기고 살아온 꽃이며
새순 뿐아니라 산에서 나이먹어 우람해진 나무들도 화염에 휩싸
이면 잿더미가 됩니다. 나무木이 불火氣를 이기지 못하는 현장입니다.
벌레며 짐승인들 거센 화마를 피해 살아남았을까?
큰불도 작은 불씨에서 시작했을 테지요?
큰재앙치고 처음부터 크게 시작하는 게 어디 있으려구요. 불조심!!

불조심

산불이 잦습니다.

큰불도 작은 불씨에서 시작했을 테지요?

큰 재앙치고 처음부터 크게 시작하는 게 어디 있으려구요. 불조심!!

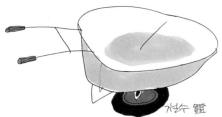

실없는 생각.
외발수레. 꽤 많은 짐을 싣거나 담아서 옮길수 있습니다.
비좁은 길도 요령껏 편히 다닐수 있습니다.
기름 쓰지 않고 사람힘으로 부리는 도구지요.
자전거를 닮았습니다. 짐자전거랑 더 많이 닮았다고
하겠습니다. 그러고 보니, 가끔 타이어에 바람을 넣어주고
펑크도 때워야 하는 물건이네요. 부품 교체로 오래 쓸수 있어
길동무는 몰라도 일동무로 적당합니다. 나만 변심하지 않
는다면 오래 우애를 나눌수 있겠다 싶습니다.

외발수레

외발수레. 꽤 많은 짐을 싣거나 담아서 옮길 수 있습니다.

비좁은 길도 요령껏 편히 다닐 수 있습니다.

기름 쓰지 않고 사람 힘으로 부리는 도구지요.

나만 변심하지 않는다면 오래 우애를 나눌 수 있겠다 싶습니다.

한이틀 비바람에, 말랐던 초목이 젖어 듭니다. 속속들이 젖은 숲에서
새들도 비에 젖어 웁니다. 비는 무겁지만, 비도 와야지요. 새들도,
나무도, 풀포기도 그걸 압니다. 세상에 와서 사는 뭇생명이 모두 깊은
지혜의 화신들인 듯 싶습니다. 스스로 지혜로운양하는 사람만, 조용히
받아들여야 할 자연과도 마주서 싸우려고 듭니다. 어리석지요.
이틀 비바람에 지레 쏟아져 내린 꽃이 땅습니다. 낙화가 하도 생생하고
고와서 잠시 마음 흔들립니다. 그래 봐야 꽃한송이 되살리지 못합니다!

인간만이

세상에 와서 사는 뭇 생명이 모두 깊은 지혜의 화신들인 듯싶습니다.
스스로 지혜로운 양 하는 사람만,
조용히 받아들여야 할 자연과도 마주 서 싸우려고 듭니다. 어리석지요.

죽을때 못들고 갈 돈을 무어 그리 애써 벌고 훔치기까지 하시는가
하는 이야기는 설득력 부족이지요? 사는동안이 문제라는걸 다들
알고 있으니까요! 그래도, 욕심을 줄이라는게 큰스승들의 가르침인
것보면 욕심은 못난짓이지 싶습니다. 그 욕심이 존재를 삼켜버려
좀도둑이 기승입니다. 지금 한창 도둑질에 열중인 도둑이 있을테고
훔친것 숨기느라 우왕좌왕하는 도둑이 있고 그럴테지요?
문득드는 생각은, 그 좀도둑들의 마음자리 어떠신고? 하는 것입니다.
도적질하는 그마음 그대로 들어서 존재의 값은 뜻 일러주는 마음자리에
내려놓을수 있으면 도심(盜心)이 도심(道心) 되겠지만, 글쎄요.

도심(盜心), 도심(道心)

죽을 때 못 들고 갈 돈을 무어 그리 애써 벌고 훔치기까지 하시는가 하는 이야기는
설득력 부족이지요? 사는 동안이 문제라는 걸 다들 알고 있으니까요!
그래도, 욕심을 줄이라는 게 큰 스승들의 가르침인 것 보면 욕심은 못난 짓이지 싶습니다.

- 탐·비는 막돌이 되기 가지이야 교생 아닌가?
  현길날이 있으니내 참고 지내시게.

    ☆청수

그러게 뭐랬어요? 권력·명예·금력…… 그게 늘 죽기만 한게 이니고
자칫이 재앙이 될수도 있다니까요? 무명이 허명보다 낫습니다.
세월의 이끼가 앉은 비·갈과 사리탑이, 서서히 막돌이 되고 있는
자리에 서면 쉼없이 무명의 자리로 이끄는 시간의 목소리가 들리는
듯합니다. 알아주는 이 없는 속편한 자리에서 따뜻하고 평화롭고
아름답게 살아가는 행복은 그대로 비범한 삶이기도 하지요.
엊그제, 새 국회의원 다섯이 새로 당선되었습니다. 새 국회의원! 새것!

무명

무명이 허명보다 낫습니다.

세월의 이끼가 앉은 비갈과 사리탑이, 서서히 막돌이 되고 있는 자리에 서면

쉼 없이 무명의 자리로 이끄는 시간의 목소리가 들리는 듯합니다.

언제 다녀갔는지 우편물이 툇마루에 놓여 있습니다.
오늘이 노동절인데……. 예년에는 집배원들이 쉬는 날이어서
기대하지 않았는데 웬일일까 싶었습니다. 집배원들이 비정규
직으로 바뀌었다더니 그 탓이었을까요? 확인해 보지 않았지만
짐작이 사실이라면 비정규직의 서글픔이 더 컸을 듯해서 잠시
생각했습니다. 정기 간행물 네 종, 광고지 하나, 고지서류 둘과
신문이 전부였습니다. 하루 이틀 늦어서 안 될 것 없는데……
그랬습니다. 부지런히 땀 흘려 일하는 게 전부인 사람들에게는
갈수록 힘든 세상입니다. 긴 연휴라고 길에 차가 많이 보입니다.
마음 편히 며칠 쉬실 수 있으신지요? 하루하루 즐거우시기 바랍니다.

노동절 우편물

언제 다녀갔는지 우편물이 툇마루에 놓여 있습니다. 오늘이 노동절인데…….
예년에는 집배원들이 쉬는 날이어서 기대하지 않았는데 웬일일까 싶었습니다.
집배원들이 비정규직으로 바뀌었다더니 그 탓이었을까요?
부지런히 땀 흘려 일하는 게 전부인 사람들에게는 갈수록 힘든 세상입니다.

놀이시설이 북새통이었다는 소식입니다.
어린이날, 아기들을 위한　　　철수▣
나들이오, 눈요기감이 즐비한 대형놀이시설이 최고 였을 거라는 생각이 듭니다. 어린아이들이 기억하지는 못할 추억이었지만, 부모 입장에서는 그거나마 해 주고 싶었겠지요? 잘하셨네요. 여덟살에 보유주식 가치가 2백억이 넘는 어린이가 있다는 소식도 들었습니다. 있는 사람들은 그러고 살기도 합니다. 그러려니 하면서도, 결식아동이 흔해진 세상에서 상식있는 선택은 못된다는 생각을 지우지 못합니다. 뒷날, 어린이날 끼니를 거르고 처연해 하던 기억을 이야기하게 될 사람이 더 많아지지는 않아야 할텐 데요. 이대로 물려주기는 너무 부끄러운 현실에, 봄이 한창입니다.

어린이날

여덟 살에 보유주식 가치가 이백 억이 넘는 어린이가 있다는 소식도 들었습니다.
그러러니 하면서도, 결식아동이 흔해진 세상에서
상식 있는 선택은 못 된다는 생각을 지우지 못합니다.

정수

아내가 논에 들어가 논둑 아래서 미나리를 캐내고 있습니다.
논에 물을 대고 모심을 준비하느라면 미나리며 쑥이며 돌나물이며
다 갈아 엎을 터이니, 논에 묻혀 버려지기전에 뿌리째 캐서 항지에
심어 두었다가 연한 미나리 샛잎을 먹겠다는 거지요.

남자들 눈에는 들어오지 않는 게 그렇게 있는 모양입니다.
그러나, 들일을 다녀와도 아내의 손에는 나물거리가 들려있고
전 늘 빈손입니다. 아내 손에서는 반찬이 나오고, 제손에서는
쓸데없는 것 만 나옵니다. 그걸 조화라고 하기는 좀 무엇하지만
그렇게 그렇게 잘지냅니다. 봄날 이른 터위가 여사아니지요?

아내의 손

들일을 다녀와도 아내의 손에는 나물거리가 들려 있고 전 늘 빈손입니다.

아내 손에서는 반찬이 나오고, 제 손에서는 쓸데없는 것만 나옵니다.

그걸 조화라고 하기는 좀 뭣하지만, 그렇게 그렇게 잘 지냅니다.

이왕 캐온 것이라 미나리를 옹배기에 심어서 보기 좋게 기르고
싶었던 모양인데, 어쩌다 물양귀비 키우느라 쓰던 옹배기가
웬걸 떨어지고 바닥 내려 앉으면서 이렇게 되어 버렸습니다.
속살이 발깔게드러난 옹배기 조각을 쓰레기 통투에 버리게
되었습니다. 옹기장이 이야기가 옹기 본래 소모품 이라고 했
습니다. 숨쉬는 물건은 대개 수명이 길지 못합니다. 어찌
보면 당연한 일입니다. 오늘, 옹배기하나 숨을 거두었습니다.
숨쉬는 동안 제 몫을 다하고 마쳐야 할텐데, 그게 쉬운 일이
아닙니다. 천수를 다한 옹백옹의 삶을 돌아보면서, 삼가 조의를!

숨 쉬는 물건

숨 쉬는 물건은 대개 수명이 길지 못합니다.
어찌 보면 당연한 일입니다.
천수를 다한 옹백 옹의 삶을 돌아보면서, 삼가 조의를!

흙 묻은 장갑이 널려있다
어떤 것은 땀이 났었다
내 손 대신 닳아 해진
장갑은, 조금만더 고생해
달라는 주인 청을 마다
하지 않고 젖어 있다.
말라 기운차리고 나면,
마지막 헌신을 위해서
나와 함께 일터로 갈거다.

마지막 헌신

내 손 대신 닳아 해진 장갑은,

조금만 더 고생해달라는 주인 청을 마다하지 않고 젖어 있다.

논을 삶고났더니 개구리 소리 가득합니다. 아우성 입니다.
백로· 왜가리 날아드는 것 보면 대낮에는 약육강식의 치열한
현장이겠습니다. 짝을 부르는 뜨거운 사랑의 노래는, 피할수
없는 희생에 대한 개구리들의 대답인셈입니다. 먹혀주마. 먹어라.

우리는 사랑을 부르고, 사랑으로 대답하고, 수많은 생명의 씨를 뿌리
겠다. 그러는 것 같았습니다. 시끄럽다 할수 없고, 목청이 쉬겠다
하지도 못합니다. 생명의 노래 그저 뜨겁고 지극할 따름.
밤하늘에 가득한 개구리 소리를 경청하고 있습니다. 법문인듯!

청수

개구리 소리

논을 삶고 났더니 개구리 소리 가득합니다. 아우성입니다.

백로, 왜가리 날아드는 것 보면 대낮에는 약육강식의 치열한 현장이겠습니다.

짝을 부르는 뜨거운 사랑의 노래는,

피할 수 없는 희생에 대한 개구리들의 대답인 셈입니다.

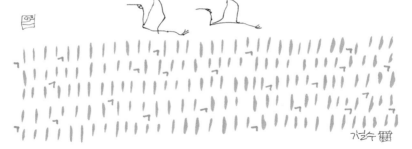

내일은 모내려구요. 빈논에 어린모가 들어차고 나면, 물도 맑아지고 개구리도 숨을데 생겨 한결 여유로운 목소리로 울게 되겠지요? 손모를 내던 시절이라면 삼일꾼 열댓명쯤 모셔다 새벽부터 시작해서 해저물도록 심어야 다섯뙈기 천평 논 모내기를 이양기 한대 오면 두시간 남짓에 다섯이 버립니다. 기계가 좋지요? 모심고나면 손가락끝이 아파 여러날 고생하던 기억이 납니다. 견습 농군 경험까지 하면 벌써 이십수년 이거든요. 이십년 전만 해도 손모를 심는 집이 꽤 많았습니다. 편해지기는 했지만, 석유로 짓는 농사에 투항해버린 셈입니다. 손모 심던 자리로 되돌아갈 자신은 없습니다. 부끄럽지만.

손모 심던 자리

이십 년 전만 해도 손모를 심는 집이 꽤 많았습니다.
편해지기는 했지만, 석유로 짓는 농사에 투항해버린 셈입니다.
손모 심던 자리로 되돌아갈 자신은 없습니다. 부끄럽지만.

세사람이 걸으면 그안에 스승이 있다는 옛말도있으니
세상에 선생님은 많이 있을수도 있지만
세상에 스승이 없다는 안타까운 목소리도 있는 터입니다.
온세상이 바라볼
큰어른이 귀해
졌다는

뜻으로 새겨 들으면 그럴수도 있겠지요.   정수 印
그래도 여전히 좋은 선생님도 계시고,
어른도 계십니다. 그곁에서 행복해지는 것도 한 징표겠지만,
그이가 나를 보고 계신다는 생각으로 문득 마음을 가다듬게 되는
것도 좋은 스승을 마음에 모시고 있다는 뜻입니다.
스승의 날이라고 찾아온 길동무도 있고 전화로 목소리들려줌 이들
도 있었습니다. 제 마음속에 계신 선생님들 생각하고 아주잠시
가슴에 손을 얹습니다. 제 안에 계신 당신을 제가 살아갈수 있게
해 달라고 비는 마음으로! 잘사는게 인사라고 하시겠지요, 가서
절올리지 못하고 보내는건 송구스러운 일입니다. 그렇게하루!

선생님

그래도 여전히 좋은 선생님도 계시고 어른도 계십니다.

그 곁에서 행복해지는 것도 한 징표겠지만,

그이가 나를 보고 계신다는 생각으로 문득 마음을 가다듬게 되는 것도

좋은 스승을 마음에 모시고 있다는 뜻입니다.

인플루엔자. 바이러스가 세상을 긴장하게 만들고 있습니다. 각별한
주의가 필요하다고 합니다. 몸뚱이를 위협하는 병과 함께, 마음에
기어드는 병에도 각별히 조심해야 할 때인듯 합니다. 돈세상이 되어
버린 현실을 살아가자면 누구나 감염될 수 있는 병이 있습니다. 병명
은 정확하지 않습니다. 증세도, 돈이 시키는 대로 하고 돈의 말만 듣는
건데, 병이 깊어지면 돈과 자신을 동일시하는 데까지 가기도 합니다.
병이 병인 만큼 합병증도 다양해서, 기회에 민감하고, 마음에 없는말도
쉽게 할 뿐 아니라, 어제한 말과 오늘하는 말이 달라도 그걸 대수롭지않게
여기지요. 말 뿐아니라 몸으로하는 짓도, 자신의 행동들을 스스로 완전하게
통제하지 못하는 경향이 있다고하네요. 무서운 병이지요? 끔찍합니다.
약이 있느냐고요? 글세요. 좋은 약 있으면 저도 써봐야하는 처지라서요.

마음에 기어드는 병

돈 세상이 되어버린 현실을 살아가자면 누구나 감염될 수 있는 병이 있습니다.
증세는, 돈이 시키는 대로 하고 돈의 말만 듣는 건데,
병이 깊어지면 돈과 자신을 동일시하는 데까지 가기도 합니다.

로드킬이라는 말이 있었던데요? 객사와 비명횡사를 합쳐놓으면 노상에서 속도에 치어 죽는 안타까운 죽음을 표현할수 있을 듯 싶습니다. 열심히, 최선을 다해, 땀흘려 일하고 살아갈 생각이 넘치는 사람에게, 일자리를 빼앗고 기회를 박탈합니다. 불황과 경제위기 금융위기가 이유랍니다. 거칠게 달리는 바퀴에 치어 죽는 죄 없는 생명이나, 아무리 생각해도 내탓이 아닌 사나운 위기에 내몰린 우리나.

속도에 치어

로드킬이라는 말이 있던데요?
거칠게 달리는 바퀴에 치어 죽는 죄 없는 생명이나,
아무리 생각해도 내 탓이 아닌 사나운 위기에 내몰린 우리나.

개구리 울어 목이 쉬는 봄날
뜰에 떨어져 내린 철쭉 흰꽃이
밤하늘 별처럼 아름답다
개구리하고 철쭉 아는 사이냐고 물었더니
그저 아는 사이라고 했다.
나하고도 그저 아는 사이인 것처럼
그렇게, 봄날은 간다. 봄날이 갔다.

그저 아는 사이

개구리 울어 목이 쉬는 봄날,

뜰에 떨어져 내린 철쭉 흰 꽃이 밤하늘 별처럼 아름답다.

개구리하고 철쭉 아는 사이냐고 물었더니 그저 아는 사이라고 했다.

걸수 印

아내 비명소리에 놀라 뛰어나가 보았더니
자전거는 누워졌고 아내는 끝 줄것 같은
표정으로 길에 서 있습니다.   어제 이맘때
이웃 아주머니가 뱀이 길을 막고 있다며
달려오시더니, 오늘은 우리 대문 앞으로 온
모양입니다. 그렇지 않아도 아침에 마당에
보이는 걸 뒤란으로 몰아내고 말았는데
제 마음도 모르고 또 왔습니다. 저도 살자고
온 목숨일텐데, 아내가 무섭다 하는 터라
자꾸 보이면 '해치워야' 할지도 모릅니다
— 서로 못할 짓 하지 않도록 좀 피해주면
좋겠는데, 꽃뱀아 무슨 말하는지 알겠지?
뱀더러 다시 오지 말라고 간곡하게 이야기
했으니 두고 보아야지요. 그것 참 딱한 일입니다.

꽃뱀아

저도 살자고 온 목숨일 텐데,

아내가 무섭다 하는 터라 자꾸 보이면 '해치워야' 할지도 모릅니다.

— 서로 못할 짓 하지 않도록 좀 피해주면 좋겠는데, 꽃뱀아, 무슨 말하는지 알겠지?

철수畫

자벌레들이 도심을 기고 있는 소식입니다.
자벌레가 한치 자로 사람세상을 재고
있습니다. 어쩌면 자연과 우주의 크기를
재고 있는 건지도 모르지요. 제 크기와 분수를
알고 나면 오히려 큰세상을 어림할수 있는
지혜가 가까워 질지도 모릅니다. 그런 생각이
들었습니다. 폭우 쏟아지고, 별이 뜨겁습니다.
벌레들의 세상도 순경만 있으리 없지요. 때로
울고 웃고 상심하며 삽니다. 뉘우치고 기도하는
순간인들 없겠습니까? 밤하늘 별 바라기도 하고.

자벌레처럼

제 크기와 분수를 알고 나면 오히려
큰 세상을 어림할 수 있는 지혜가 가까워질지도 모릅니다.
그런 생각이 들었습니다.

희망

철수 쁨

눈물 젖은 '희망'이, 슬픔이 가득해 있는 우리 시대
위로 천천히 떠오르는 것을 보았습니다. 한 사내가
몸을 던진 것은, 부엉이 바위가 아니라, 대중의 마음
이었습니다. 그의 꿈이 우리들 마음에서 생생하게
살아나는 것을 보고 있습니다. 그가 죽어서 다시
살았습니다. 아름답다는 건 이런 거지요. 조용해진
저녁에, 몸을 씻고, 짧은 향에 불을 댕겼습니다.
당신을 추억하면서, 더 순정하게 살아볼 생각을 하고
있습니다. 이렇게 고파올 테가! 아서는 작곡입니다.

희망

눈물 젖은 '희망'이,
슬픔이 가득해 있는 우리 시대 위로 천천히 떠오르는 것을 보았습니다.
한 사내가 몸을 던진 것은, 부엉이 바위가 아니라, 대중의 마음이었습니다.

비에 씻긴 초록의 노래

김남수

오늘 점심은 뭐냐고 묻다
아버지께 점심은 지청구를 듣는
여름 한낮.
댓잎 흔드는 바람이
내게도 와서 이야기를 건네고 ……
하루. 평온무사.
그를 고마워하면서,
저무는 해와 작별하다.

하루

댓잎 흔드는 바람이 내게도 와서 이야기를 건네고……

하루. 평온무사.

그를 고마워하면서, 저무는 해와 작별하다.

온종일, 비가 온 뜰과 대문밖, 농로를 드나들며 지냈습니다.
한결 싱그러워진 뜰 안팎에 노랑붓꽃·노랑나리·돌나물꽃이 화사합니다. 비에 씻긴 초록의 노래를 듣습니다. 지친 몸을 쉬라는지 마음을 쉬라는지 온통 무거워서, 하루 책읽고 지냈습니다. 선지식들의 다 열린 마음자리를 읽노라니, 초여름 신록에 별자리처럼 박혀 피어나는 꽃핀 산야를 보는 듯합니다. 어지러워서 어려운 시절에는, 계산없이 크게 열린 마음의 스승들과 만나는 것도 방법입니다. 그렇게 하루!

그렇게 하루!

지친 몸을 쉬라는지 마음을 쉬라는지 온통 무거워서, 하루 책 읽고 지냈습니다.
선지식들의 다 열린 마음자리를 읽노라니,
초여름 신록에 별자리처럼 박혀 피어나는 꽃 핀 산야를 보는 듯합니다.

어두워진 하늘에서
갑자스럽게 쏟아지는 비를
피하느라 우산을 찾았습니다.
몇걸음 안되는 마당을 건너
오면서……
보송보송한채로 건너와서,
천둥소리 간간이 섞이는
빗소리 듣고 있습니다.
어디선가 갑자스러운 소나기에
허둥대는 사람들이 있겠네요.
비 뿐아니라, 실직과 죽음과 이별처럼
갑자스럽게 닥친 시련이나 아픔으로
허둥대는 이들도 있을 것 짐작이 갑니다.
넉넉한 우산이 곁에 있으면 좋을텐데……. 그렇지요? 주말 편안하시기를……

넉넉한 우산

어디선가 갑작스러운 소나기에 허둥대는 사람들이 있겠네요.
비뿐 아니라, 실직과 죽음과 이별처럼 갑작스럽게 닥친 시련이나 아픔으로
허둥대는 이들도 있을 것 짐작이 갑니다.
넉넉한 우산이 곁에 있으면 좋을 텐데……. 그렇지요?

사는게, 두루마리 한권 받아서 읽어가는 일인가 싶을
때가 있습니다. 사는게 너무 빨라서지요. 살아온 것을
돌아보면 살아갈 일도 대략 짐작이 갑니다. 인생이
한권 이야기책 이라면 참 재미 없는 책을 써온 셈인데
후반부에 대반전이 일어나서 흥미진진해 지는 수도
있기는 할까요? 오늘은, 종일 판화새기고 판화를 찍어
보기도 하면서 지냈습니다. 아내는 술을 내렸습니다.
잠시 아내를 거들어 고추밭에 줄을 치고 순을 땄지만
그건 아주 잠깐이었습니다. 지금 내는 비도 그랬지만,
오늘 하루도 그리 재미있지는 않았던 것 맞지요?

두루마리 한 권

인생이 한 권 이야기책이라면 참 재미없는 책을 써온 셈인데
후반부에 대반전이 일어나서 흥미진진해지는 수도 있기는 할까요?

청수 篆

휴일 잘 지내셨지요? 이제 어쩌지 못하는 여름입니다.
봄날 라일락 향기에 취해본 사람이면 봄향기로 라일락향을
첫손 꼽는 까닭을 의심하지 않습니다. 수긍할 따름입니다.
여름 꽃향기로는 머루꽃향을 덮을 것이 없지 않습니다.
산목련의 선연한 흰색 꽃잎과 깊은 향도 못지 않지만, 머루
꽃의 그저 수더분한 작은꽃에서 쏟아지는 어지러운 향기는,
요즘 자주 화제가 되는 평범한 사람의 감미로운 노래솜씨처럼
놀라움도 안겨 줍니다. 자연에는 그런 경이가 가득합니다. 천지
간에 사람의 향기 넘치듯, 사람도 저마다 향기로울 수 있어야 하는데

작은 꽃 향기

산목련의 선연한 흰색 꽃잎과 깊은 향도 못지않지만,
머루꽃의 그저 수더분한 작은 꽃에서 쏟아지는 어지러운 향기는,
요즘 자주 화제가 되는 평범한 사람의 감미로운 노래솜씨처럼 놀라움도 안겨줍니다.

이웃논과 잇닿아 있는 밭에 은행나무 몇그루 있습니다.
올해는 봄부터 시름시름하더니, 한여름 들어서 푸른기운이 다
가시고 발갛게 마르는 것 보니 이대로 죽을 모양입니다. 밭둑에
연거푸 뿌려대는 제초제 때문이지 싶습니다. 논둑에서 멀리 있는
은행이 한여름 푸르름을 만끽하고 있는 것 보면, 심은 자리 따라서
운명이 갈린 생명이 새삼스럽고 안타깝기도 합니다. 제초제!

제초제

논둑에 멀리 있는 은행이 한여름 푸름을 만끽하고 있는 것 보면,

심은 자리 따라서 운명이 갈린 생명이 새삼스럽고 안타깝기도 합니다.

어제도, 오늘도
하늘의 별이 눈물나게
영롱했습니다
눈물나게! 눈물나게!
어느 세상의 맑은 눈물이 저기 올라가서 밤하늘
그 짙은 어둠속에 반짝이는 별빛이 되었을까?
어느 뼈아픈 고통과 슬픔이 이렇게 넓은 밤하늘 어둠이
되었을까? 저렇게 영롱한 여름 밤의 별을 보면서, 딴
생각없이 황홀해져서, 별을 헤고 별빛을 사랑하고 그별들과
이야기하느라 이슬에 옷이 젖는 시간을 보내도 좋을걸! 마음이 하
어지러서 아름다움을 아름다움으로만 보지 못합니다. 죄송합니다!
조국이 없던 시절에도, 별을 노래한 시인이 있었잖습니다. 그래서 더욱.

별을 헤고 별빛을 사랑하고

어제도, 오늘도 하늘의 별이 눈물 나게 영롱했습니다. 눈물 나게! 눈물 나게!
어느 세상의 맑은 눈물이 저기 올라가서
밤하늘 그 짙은 어둠 속에 반짝이는 별빛이 되었을까?

시장 진열대에 쌓인 '노란냄비'를 보고 아빠가
한마디, ─ 예쁘고 멋진 것 찾더니 이제는 싸구려
냄비를 다시 찾는대요. 저 냄비 없는 집이 없다고
하던데요? 제대답, ─ 이제 값싼 냄비 쓰는
데 열등감 느낄 일 없어진 세상이라서 아닐까요?
가능해서 '양은 냄비' 쓰는 사람은 없다! 는 사회의
통념이, 우리를 조금 자유롭게 했습니다. 또다른 통념
기다릴 것 없이 더 많이 자유로워질 수 있는 거지요?

양은냄비

"예쁘고 멋진 것 찾더니 이제는 싸구려 냄비를 다시 찾는대요.
저 냄비 없는 집이 없다고 하던데요?"
"이제 값싼 냄비 쓰는 데 열등감 느낄 일 없어진 세상이라서 아닐까요?"

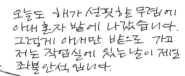

오늘도 해가 설핏하는 무렵에
아내 혼자 밭에 나갔습니다.
그렇게 아내만 밭으로 가고
저는 작업실에 있는 날이 제일
좌불안석입니다.

함께 들에 나가, 함께 해진 길을 걸어
들어오는 시간은 참 좋지요! 혼자서
농사 다 하는 듯 장한 그림을 그려서
새기기도 하지만, 밭농사하면 어느집
할것 없이 여인들의 수고가 많습니다.

비 오실거라고, 매던 밭을 마저 매고 있을
아내를 잠시 생각했습니다. 제가
아내 그림을 자주
그린다고들 하십
니다. 대한민국
남편들이 대개
마음에 아내의 그림
그리고 살걸요?
미안하고 고마워서!

- 돌밭 따지고 고개들어 보니 해있는데 달이떴다. 일월곤충이 가난한집 벼룩이구나. 졸졸시펴이다. 7/3

미안하고 고마워서

비 오실 거라고, 매던 밭을 마저 매고 있을 아내를 잠시 생각했습니다.

제가 아내 그림을 자주 그린다고들 하십니다.

대한민국 남편들이 대개 마음에 아내의 그림 그리고 살걸요?

밤뜰에서 늦도록 이야기 나누던 날, 서늘한 밤
몸이 차가워 질 무렵 아내가 따끈한 국물을
끓여다 주었습니다. 매콤한 붉은고추 조금 썰고,
애호박 나박썰기로 먹기좋게 넣고, 잔 생새우
얼린 것 조금, 소금간 조금한 국물이 시원하고
따뜻했습니다. 아! 별빛도 좋았습니다. 다들
북두칠성은 안다고 했습니다. 열심히 사느라 바쁜
친구들과, 늦은 시간에 만나 이른새벽에 헤어진 날.

밤 뜰에서

매콤한 붉은 고추 조금 썰고, 애호박 나박썰기로 먹기 좋게 넣고,
잔 생새우 얼린 것 조금, 소금 간 조금 한 국물이 시원하고 따뜻했습니다.
아! 별빛도 좋았습니다.

비 오시는 날, 먼 산은 능선만
희미하게 보일 뿐입니다.
그 산 골짝에 누가 사는지
그 산 능선을 누가 지나고 있는지
그 산에서 무슨 일이 벌어지는지
알 수 없습니다.
멀리 있다는 건 그런 거지요.
깊이 알지 못하는 관계.
저 산에서는, 내가 서서 바라보는
여기를 먼 산 밑이라 하고 보겠지요

능선

멀리 있다는 건 그런 거지요. 깊이 알지 못하는 관계.

저 산에서는, 내가 서서 바라보는 여기를 먼 산 밑이라 하고 보겠지요.

산으로 간 배는
오도가도 못하고

-한반도 대운하 그만두시자고 !!
현수2008

산에 배를 올리는 일입니다.
운하라도 그렇고 큰강들 살리기도 마찬가지.
사공이 많으면 배가 산으로 간다더니, 고집이세도 배가
산으로 갑니다. 돈을 풀고싶다면 다른길도 많이 있을텐데……

산으로 가는 배

산에 배를 올리는 일입니다. 운하라도 그렇고 큰 강들 살리기도 마찬가지.

사공이 많으면 배가 산으로 간다더니,

고집이 세도 배가 산으로 갑니다.

밤뜰에 불 밝히면 날벌레가
모여듭니다. 대낮 햇빛의 광명
처럼 너그러운 밝음이 아닌걸.
알지 못하고! 그래서, 맹목이라고
눈 멀었다고 합니다. 눈멀어 살기는
우리도 마찬가지! 밤마다 유혹의
불빛이 휘황합니다. 내손으로 그 빛을
켜고, 기꺼이 거기 빠져 들기도 하지요.

맹목

밤 뜰에 불 밝히면 날벌레가 모여듭니다.
대낮 햇빛의 광명처럼 너그러운 밝음이 아닌걸 알지 못하고!

평일, 뒷간에 앉아서 보아도
세상 장관이네! 땅위를 기는건
기어서 장관, 타고 오르는건 올라서
장관, 나는건 날아서 장관,
죽는건 죽어서 장관! 그렇게, 세상은
......
철수

뒷간에서

평일, 뒷간에 앉아서 보아도 세상 장관이네!
땅 위를 기는 건 기어서 장관, 타고 오르는 건 올라서 장관,
나는 건 날아서 장관, 죽는 건 죽어서 장관!

어느 사회나
존경스러운 어른들이
계시지요?

그런
어른들의 삶에는
공통점이 있습니다.
금도가 있다는 거지요.
남을 용납하는 아량.
그게 금도의 뜻입니다.

시장에 넘쳐 나는 물건들
못마땅하실 법한
검박한 차림의 어른이
화려한 진열대를 한껏
재미 있어 하시면서도
끝내 손에 들고 가시는
법은 없습니다.

내게 필요한 물건은 아니라
하시는 표정 입니다. 노안의 안경 너머로 가벼운 듯함까지 지어 보이는
그이는 어느 다른 사회의 권력자 이셨습니다. 당신 존재의 그림자에나
조용한 눈길 보내며 사는 듯한 그 노경이 갚어보이고, 부끄러웠습니다.

철수 圖

금도의 뜻

남을 용납하는 아량. 그게 금도의 뜻입니다.
시장에 넘쳐나는 물건들 못마땅하실 법한 검박한 차림의 어른이,
화려한 진열대를 한껏 재미있어하시면서도
끝내 손에 들고 가시는 법은 없습니다.

청수 鑑

일하다 막국수 한그릇 하자하꼬 슬리퍼 바람으로 나섰습니다.
동네 음식점에 가는 일이나 남의 눈을 의식할 것 없어 집에서 입던
그대로 입니다. 자전거 타면 잠깐이지요.
가서 이웃 형님내외를 만났습니다.
깨끗한 남방에 모자까지 단정하게 쓴 외출모드로 '점심외출'에
나서신 모양입니다. 값싼 막국수 한그릇 이지만, 어떤 분들께는
차려 입고 다녀 오는-오랫만의 외식이기도 하겠습니다. 맛 있게 드셨어요?

막국수 한 그릇

일하다 막국수 한 그릇 하자 하고 슬리퍼 바람으로 나섰습니다.
값싼 막국수 한 그릇이지만, 어떤 분들께는 차려 입고 다녀오는,
오랜만의 외식이기도 하겠습니다.
맛있게 드셨어요?

마음으로 웃어야
웃는거지요
'웃는마음'
천수
2009

너무 오래 이어지고
있는게 마음 아픕니다.
의무교육이 의무급식
으로도 이어질 수는
없는 걸까요?

형편이 어려운 어린학생들에게 부상으로 점심을 먹이려던 계획을
무산 시키고 경기도 의회에 비난이 쏟아졌지요? 점심도시락을 못
싸오는 친구들이 훨씬 많았던 가난한 유년의 기억을 안고 사는 중년
들도, 누구나 똑같은 반찬으로 다함께 점심을 나누는 학창시절의
추억이 유예된 테 알싸한 슬픔을 느꼈을지도 모르겠습니다. 꿈 많은
유년도 누구에게나 같은 유년이 아니고, 가난조차 다같지 않은 시대가

알싸한 슬픔

꿈 많은 유년도 누구에게나 같은 유년이 아니고,

가난조차 다 같지 않은 시대가 너무 오래 이어지고 있는 게 마음 아픕니다.

의무 교육이 의무 급식으로 이어질 수는 없는 걸까요?

새끼꼬아서 원통형으로 만든 메주틀에 뱁새가 둥지를 틀었습니다. 집 기둥에 걸어놓은 메주틀에 새집이 들어오리란 예상은 못했습니다. 우산을 꺼내거나, 페지함에 신문을 넣거나, 뒤란으로 소피를 보러갈때도 거쳐가게 되는 기둥위에 패 신경쓰이는 손님이 들어온셈 입니다. 뱁새는 딱새보다 얌전한 모양이지요? 가끔 마주쳐서 서로 흠칫 놀랄때도 거칠게 굴지는 않습니다. 오늘도, 놀란 뱁새가 지붕 물받이로 달아나더니 걱정이 한가득 담긴 눈빛으로 사태를 지켜 봅니다. 입주도·산란도 축하하고 있다고 전하고 싶은터……

입주를 축하합니다

새끼 꼬아서 원통형으로 만든 메주틀에 뱁새가 둥지를 틀었습니다.
집 기둥에 걸어놓은 메주틀에 새 집이 들어오리란 예상은 못했습니다.

무섭게 짙어지는 한여름의
산야가 초록일색 입니다.
그속에 꽃이 피어 별처럼
아름 답습니다.
꽃은 가까이 다가갈수 있는
별 일까요?
예쁜 꽃의 이름을 몰라서
미안 했습니다. 꽃이
서운했을리 없겠지만 ‥‥

그 속에 꽃이 피어

무섭게 짙어지는 한여름의 산야가 초록 일색입니다.

그 속에 꽃이 피어 별처럼 아름답습니다.

꽃은 가까이 다가갈 수 있는 별일까요?

철수

거침없이 잘 자란 자두나무 한그루, 그늘이 깃들만 합니다. 길걸 바쁜 사람들과, 그 많에서 시원한 국수 한그릇 나누어 먹었습니다. 미디어 법·총파업·쌍룡차·용산……, 뜨거운 한여름 숨막히는 싸움 소식을 생각하면 그늘에서 먹는 시원한 국수 한그릇에도 체할것 같습니다. 평범한 일상조차 마음편히 누리지 못하는 소심도 문제지만, 소시민의 마음에 최소한의 평화조차 나누어 주지 않는 질낮은 정부는 더 문제인듯 합니다. 소시민의 삶이 파탄에 이르러 스스로 복숨을 꿇기도 하는 모양입니다. 험한 소식 들으면 행복해 지는 인종도 있는 걸까요?

험한 소식

미디어법, 총파업, 쌍룡차, 용산……,
뜨거운 한여름 숨 막히는 싸움 소식을 생각하면
그늘에서 먹는 시원한 국수 한 그릇에도 체할 것 같습니다.

세상 참
간단치 않습니다.
생각이 많습니다.
그래서 그랬겠지요?

정수 畵

초승달 조차 흐린하늘 뒤로 숨은 저녁에, 뜰에
나가 작은 바위에 걸터 앉았습니다. 뚜렷한
별들과 달빛 보이면 하늘과 이야기 나누다
들어 오고 싶었습니다. 아쉽게도 답답한 하늘
입니다. 선선해진 바람속에 앉아 있노라니 깔고 앉은 바위
가 따뜻한 온기로 이야기 건네오는 듯 합니다. 한낮에 태양
의 더운 기운을 품었다, 서늘한 밤에 조용히 나누어 주는 속깊은……

속 깊은 바위

선선해진 바람 속에 앉아 있노라니
깔고 앉은 바위가 따뜻한 온기로 이야기 건네오는 듯합니다.
한낮에 태양의 더운 기운을 품었다,
서늘한 밤에 조용히 나누어주는 속 깊은…….

간밤에, 뱁새 둥지
에서는 무슨일이 벌어진   철수
것일까요?
노란 부리를 흔들며 모이를 받아
먹던 새끼들이 감쪽같이 사라
지고 없습니다. 이틀동안, 밤늦은 시간세 개가 유난히 짖어대긴
했습니다. 아침에는 고양이 똥이 마당에 보이기도 했습니다.
어제는 모처럼 비개인 뜰 안팎에서 뱀들도 보았습니다.
일이 이렇게 되고 보니 의심이 가는 짐승들 입니다. 모이를 물고와
새끼들에게 날아들면서도 눈길 주는 사람을 마주보며 경계를 늦추
지 않더니 어느 연민 모르는 짐승에게 새끼를 빼앗겨 버렸습니다.
지켜주지 못해 미안하구나. 그렇게 인사하고 헤어졌습니다.

간밤에

간밤에, 뱁새 둥지에서는 무슨 일이 벌어진 것일까요?
노란 부리를 흔들며 모이를 받아먹던 새끼들이 감쪽같이 사라지고 없습니다.

물·바람·그늘 그리고 다정한 사람들. 그게 갖추어지면 뜨거운 여름더위를 잊을수 있지요? 어디서 더위를 피하고 계시는지요? 아직은 더위와 일 속에 계시기도 하겠네요? 일밖에 모르고 살아서 더위를 피해가는 여행이 뭔지도 모르는 사람도 있지요? 그런 남편· 그런 가장과 살면 재미 없을 것 같네요. 저희집이 바로 재미없는 집의 전형입니다. 어떻게 하지요?

물, 바람, 그늘, 그리고……

물, 바람, 그늘, 그리고 다정한 사람들.

그게 갖추어지면 뜨거운 여름 더위를 잊을 수 있지요?

어디서 더위를 피하고 계시는지요?

바다에 가셨나요?
그럼요. 잠시 잊으셔도 좋지요. 이 힘든 세상.
바다 저쪽 저 작은 섬이 되었다가
돌아오세요. 세상은 그때도 여전할 텐데요 뭐.
싸움같은 삶을 위해서도,
떠나야지요. 그러세요.
괜찮아요. 떠나세요.

괜찮아요

바다에 가셨나요?

그럼요. 잠시 잊으셔도 좋지요. 이 힘든 세상.

바다 저쪽 저 작은 섬이 되었다가 돌아오세요.

세상은 그때도 여전할 텐데요 뭐.

연꽃은
한 무더위에
절정입니다.
여름 꽃들이
속으로 흘렀을 땀을
생각합니다.
생명들의
아름다운 분투가,

허공에서
저마다
제 곡조로 노래하는 한여름!

저마다 제 곡조로

연꽃은 한 무더위에 절정입니다.

여름 꽃들이 속으로 흘렸을 땀을 생각합니다.

생명들의 아름다운 분투가, 허공에서 저마다 제 곡조로 노래하는 한여름!

뜨거웠습니다.
새벽에는 붉게 익은 고추를 따고
저녁, 나절에는 고구마 밭에서
풀을 뽑았습니다. 뜨거웠습니다.
벌써 벼이삭이 올라왔습니다.
한 뼘씩 되는 이삭을 밀어 올리는
말 없는 벼의 자기 긍정을 두고
생명력이라고 부릅니다.
살아 보겠다고 싸우고 소리지르는
사람들도 그와 다를 것 없습니다.

뜨거웠습니다

벌써 벼이삭이 올라왔습니다.
한 뼘씩 되는 이삭을 밀어 올리는 말 없는 벼의 자기 긍정을 두고
생명력이라 부릅니다.

거수 鑑

기상예측이 가능해진 덕분에, 예전에는 모르고 맞았을 재난에
대비도 하게 되었습니다. 좋은 일이지요? 다행한 일입니다.
내일이면 폭우가 온다는데 바람이 조금 일고 있을 뿐 실감이 나지는
않습니다. 벼이삭이 패어서 비바람 거칠면 피해가 있겠다 싶어서
논밭을 돌아 보았습니다. 산야의 푸른 생명들 아무도 내일 닥치게 될
비바람을 걱정하는 기색이 아니었습니다. 존재를 있는 그대로 다
열어 놓고, 바깥에서 올 모든 변화를 고스란히 받아내겠다는 표정
입니다. 선선한 밤바람에 흔들리는 가벼운 잎끝이 이야기를 걸어
오는 논둑길에서, 사람도 그렇게 조용한 짐승일수 있을 텐데 합니다.

고스란히

산야의 푸른 생명들 아무도 내일 닥치게 될 비바람을 걱정하는 기색이 아니었습니다.
존재를 있는 그대로 다 열어놓고, 바깥에서 올 모든 변화를
고스란히 받아내겠다는 표정입니다.

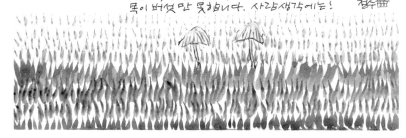

사람 마음

비 좀 오시라고 마음으로 비는 날도 있었는데,
논밭에 물이 넉넉해지니 오시는 빗줄기에 눈을 흘기게 됩니다.
사람 마음이 그렇지요!

제집 모니터 위에 엄지 손가락 한마디 쯤 될까? 작은 말이 한 마리 놓여 있습니다. 놋쇠로 만들었는터, 말등에 구멍이 나 있는 것 보면 끈을 꿰어 장식으로 쓰였을 법합니다. 말의 됨됨이를 자그마 한 주물에 압축해 넣은 솜씨는 여간 아니지만 드넓은 벌판과 언 덕을 차고 오르며 가쁜 숨을 몰아쉬는 야생의 말이 될수는 없습니다. 생각과 말과 글·그림 따위가 현실과 세상을 말하지만……

책상 위의 말

말의 됨됨이를 자그마한 주물에 압축해 넣은 솜씨는 여간 아니지만
드넓은 벌판과 언덕을 차고 오르며 가쁜 숨을 몰아쉬는 야생의 말이 될 수는 없습니다.

비가 머려가고 다시오고
또다시 찾아오는 하루가 저물겠습니다.
빗방울에 몸이 무거워진 소담하고
연꽃잎이 하나둘 고개를
떨굽니다. 공권력에 두들겨 맞는
농성 노동자들을 보았습니다.
맞는 사람보다, 곤봉과 방패를
휘두르는 사람을 보면서 더 슬픕니다.
설득을 포기하고 진압과 통제로 국민을
상대하기로 한 권력의 명령이,
곤봉과 방패와 테이저건과 또다른 무기
들을 펼떡이게 하는 걸 우리가 압니다.
폭력의 뿌리는 어리석음과 두려움입니다.
철수

겁많고 어리석은 권력의 '엄정한 법집행'이 난장판을 만들고 있습니다.

난장판

공권력에 두들겨 맞는 농성 노동자들을 보았습니다.

맞는 사람보다, 곤봉과 방패를 휘두르는 사람을 보면서 더 슬픕니다.

겁 많고 어리석은 권력의 '엄정한 법 집행'이 난장판을 만들고 있습니다.

아름다운 영혼이 이승을 떠나신 날.
능소화도 끝이 보입니다.
연꽃도 끝이 날 모양입니다.
목백일홍은 아직 붉고 흰꽃을
피워 내지만, 여름꽃이 가고
가을꽃이 시작하면 저도 백일
붉다는 이름값을 하고 떠나게
되었지요? 가야지요! 갈것이
가고, 올것이 와야하니까요.

철수 🔲

꽃이 가고

아름다운 영혼이 이승을 떠나신 날.
능소화도 끝이 보입니다. 연꽃도 끝이 날 모양입니다.

미물들의 세계에서도, 힘센 포식자들은 태연하게 제 성정 그대로
야생의 삶을 살아갑니다. 억센 앞다리와 튼튼한 집게가 사마귀
에게는 제 다리·제 입을 뿐이지요. 호랑이의 발톱과 송곳니 조차

우리는
네가 무서워!
그래서,
목숨을 걸었어!
'대치 중'
천경수 2009

호랑이 새끼에게는 다정하게 느껴질텐데요! 힘없고 여린 생명들
에게는 포식자의 존재가 곧 공포라는 사실을 사나운 존재들도 모르지
않겠지요? 여린 생명들의 목숨을 건 싸움터가 세상이기도 합니다.

대치 중

힘없고 여린 생명들에게는 포식자의 존재가 곧 공포라는 사실을
사나운 존재들도 모르지 않겠지요?
여린 생명들의 목숨을 건 싸움터가 세상이기도 합니다.

- 세상이 무서워요!
- 그러게요.
- 쉽게 좋아지는 건
  어려운 것 같지요?
- 그럴 테지요?
- 어떻게 해요?
- 우리라도 잘해야지!

'우리라도'
청수2009

잘산다는 게 뭐지요? 적당히도 아니고 너무 많은 걸 욕심내어 탐하고 사는 것? 그래서 원 없이 누리고 사느라 부끄러움도 다 잊어 버리고 마는 것? 자신 뿐 아니라 이웃을 망치고, 부모형제에 자식조차 상처를 입히고, 존재를 폭망의 화신이라 믿게 만드는 것? 그렇게 사는 것 부러워해서 그걸 '잘 산다'기도 하기는 하지요? 말로는 반듯하게 흠 없이 살자 해놓고 몸으로는 '자알 사는' 쪽을 선택하기도 일쑤입니다. 조금은 힘든 선택이 되기도 하지만, 우리라도 잘 살기로 해보아야지요!

우리라도

말로는 반듯하게 흠 없이 살자 해놓고
몸으로는 '자알' 사는 삶을 선택하기도 일쑤입니다.
조금은 힘든 선택이 되기도 하지만, 우리라도 잘 살기로 해보아야지요!

작을수록 더 가까이

청수 蠤

시가지 한복판의 어느거리에서, 가로수 밑에서 자라는 배추모종을 보았습니다. 아시지요? 가로수 뿌리를 보호하느라고 조금 떨어둔 흙이 보이는 공간! 신문지 한장 크기나 될까요? 그 작은 땅에 배추모종이 소복하게 돋아 났습니다. 모종으로 쓰려는거 아니라면 열같이 배추로 결절이해 먹을 수 있을 듯 했습니다. 설마 거기서 김장배추로 키울 생각 이야 했으려고요? 그 자리에 씨앗을 넣을 생각하신 어느마음이, 가을로 가는 길을 반짝이게 했습니다.

가로수 밑 배추 모종

시가지 한복판의 어느 거리에서,

가로수 밑에서 자라는 배추 모종을 보았습니다.

그 자리에 씨앗을 넣을 생각하신 어느 마음이,

가을로 가는 길을 반짝이게 했습니다.

첨수體

열

어김없이 올해도
머루가 익어갑니다.
추석이 늦어, 상큼한 햇머루 맛을
식구들과 나누기는 어렵겠습니다.

올해도, 머루농사는 풍작이
못됩니다. 머루나무가
신통치 않으니 가지와
앞이 좋을리 없지요.
앞이 죽지 않는데
머루송이가 실해
질수 없습니다.
죄없는 머루송이에게
뭐라 할것 없는 줄도
압니다.
가을지나고나면
퇴비를 실어다
뿌리 짬에 묻어
주어야겠습니다.
그렇게, 미안하고
죄송스러운
가을입니다.

죄송스러운 가을

올해도, 머루 농사는 풍작이 못 됩니다.
죄 없는 머루송이에게 뭐라 할 것 없는 줄도 압니다.
가을 지나고 나면 퇴비를 실어다 뿌리 짬에 묻어주어야겠습니다.

한가위 아직 멀었는데 대추가 일찍 떨어집니다. 아직은 풋내나는 설익은 대추라 아무데도 쓸모가 없습니다. 꼭지가 박혀 있어야 할 자리에 움푹한 구멍이 나왔으니 더 이상은 가지에서 자양을 얻지 못합니다. 낙태같은 것이지요. 자연은 알아서 열매를 버리기도 합니다. 가을 들머리의 자연은, 그렇게 냉혹한 적자생존과 자기 감량의 현실이기도 합니다. 살아남은 것들은 가을볕에 익어 붉어가면서 가을 풍광의 일부가 되어 아름다울 터입니다. 땅에 떨어져 있는 풋대추 한알 집어서 눈앞에 두고 봅니다. 불운한 네 가을을 눈여겨 보는 사람이 없지 않다고, 너희 불행까지 모두 아름다운 가을이라고 말하려니 대추의 표정이 티없이 고요해서 문득 말문이 닫힙니다.
가을은 그 모든 운명들 다 아울러서 가을이라고 해야 할까요?
깊은 밤 어둠속에서 샘솟는 소리 들리고 벌레우는 소리 들리고 환한 달이 하늘을 건너느라 쉼없습니다.

청수

일찍 떨어진 대추

불운한 네 가을을 눈여겨보는 사람이 없지 않다고,
너희 불행까지 모두 아름다운 가을이라고 말하려니
대추의 표정이 더없이 고요해서 문득 말문이 닫힙니다.

가지 몇개 따놓았으니
밭에 다녀오라고 합니다.
어디 두었는지 못 찾고 갔더니
여기저기 뒤지게 되었습니다.
덕분에, 노랗게 익어가는 것들
보게 되었지요.
호박·오이 돌아보고
오는길에 이웃집 마당에서
수세미도 보았습니다.
제 집 뜰에서는 풍선초가
노랗게 늙고 있습니다.

지금 꽃을 피우는 것들은 안되었
습니다. 서둘러도 겨울전에 다
영글수 없습니다. 생명은 지혜
롭기도 하지만, 우직하게 안간힘
다하는 존재이기도 합니다.
할수 있는데로 최선을 다하고
온힘을 다 쏟고서야 비로소 쉬는
초록생명의 가을을 보았습니다.

경수 籤

온 힘을 다 쏟고

지금 꽃을 피우는 것들은 안 되었습니다.

서둘러도 겨울 전에 다 영글 수 없습니다.

생명은 지혜롭기도 하지만, 우직하게 안간힘 다하는 존재이기도 합니다.

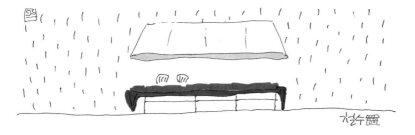

손님들과 앉아 차한잔을 나누기도 하는, 그늘막아래 야외탁자 위에 오늘은 고추가 들어와 앉았습니다. 오후 내내 눈개가 오셨지요? 그 가는 비에도 세상이 다젖었던데요? 그러나 어쩝니까? 급한 김에 비닐 멍석째 들어다 그리로 모셨습니다. 조용히 내린 비에 배추모는 가뭄을 면하게 되겠지요? 우산도 팔고 소금도 팔아야하는 가을입니다. 그래서요.

가을비

조용히 내린 비에 배추모는 가뭄을 면하게 되겠지요?
우산도 팔고 소금도 팔아야 하는 가을입니다.

참 일도 없지요?
짜장면 하고그릇 기다리는 동안
젓가락 포장지 접어서 만들었습니다.
젓가락 받침입니다.
젓가락 베개라고 부르면 좋겠다는
실없는 생각도 했습니다.
그렇게 실없는 짓도 가을이라고 주장하면
뭐라 하시려나?

실없는 짓도 가을

젓가락 받침입니다.

젓가락 베개라고 부르면 좋겠다는 실없는 생각도 했습니다.

그렇게 실없는 짓도 가을이라고 주장하면 뭐라 하시려나?

올해는 명절이 늦습니다. 윤달 탓이지요. 덕분에 추석 음식이
넉넉해 지지 싶습니다. 벌써 햇과일이 쏟아지고 밤 대추
도 제대로 익어가는 중입니다. 호주머니 사정만 괜찮으면
명절을 즐겁게 지낼수 있을 겁니다. 세상이 갈수록 고르지
않으니 그게 쉽지 않은 기대일 것도 모르지 않습니다.

작년 올해 양산된, 민주주의 역주행에 맞서다 피해를 입은
언론·교육·통일·노동 현장의 유공자들이 떠오릅니다. 함께
싸워온 동료들이라도 그분들 잘챙기고 보살피고 계시겠지요?
몰상식하고 욕심사나운 권력은 여름 된바람처럼 닥쳐도 희생을
낳습니다. 함께 지켜주지 못하면 모두시시한 패잔이 되고 맙니다.

함께 지켜주지 못하면

작년 올해 양산된, 민주주의 역주행에 맞서다 피해를 입은
언론·교육·통일·노동 현장의 유공자들이 떠오릅니다.
함께 싸워온 동료들이라도 그분들 잘 챙기고 보살피고 계시겠지요?

놋쇠 밥주발에 더운밥을 담아 뚜껑을 덮고 도톰하게 솜을
놓아 누비 밥보에 느껴서 아랫목 이불밑에 갈무리해 둔
밥은 귀가가 늦는 가장의 저녁일 가능성이 컸습니다.
늦은 저녁상을 받는 아버지 앞에는 아이들이 모여 앉아서
턱을 괴고 바라보기도 일쑤였습니다. 남은 밥 한술 얻어
먹을수 있으면 더할 나위 없이 행복했습니다.
따뜻한 아랫목에서 이불밑에 발넣고 놀다가 밥보에
싸놓은 밥그릇 뚜껑이 열려서 야단을 맞는 저녁도 가끔
있었습니다. 전기 밥솥 없었던 시절, 식탁도 없었던 예전
일입니다. 그 시절 그 저녁밥 참 따뜻했어요. 제 기억에는.

더운 밥

따뜻한 아랫목에서 이불 밑에 발 넣고 놀다가

밥보에 싸놓은 밥그릇 뚜껑이 열려서 야단을 맞는 저녁도 가끔 있었습니다.

그 시절 그 저녁밥 참 따뜻했어요, 제 기억에는.

비없이 뜨거운 가을 볕에 고추 끝물 따다 널고, 깨도 털어 말리고, 한편에 옥수수도 따다 널었습니다. 볕에 말리면 내년 씨앗으로 쓸수 있지만 기계에 넣어 말리면 씨앗이 되지 못합니다. 생명력이 기름에 상해 버리는가 봅니다. 볕도 지나치면 화상을 입히고 열매를 상하게 하는 법 이지만 기계가 뿜어내는 열기와는 다른 일이지 싶습니다.

사랑이 담긴 질책처럼, 자연의 조화는 생명을 북돋우고 기운을 농축 해서 다음을 준비하게 합니다. 그 자연을 잊고 살기 일쑤지요. 이익만 생각 하는 마음은 사랑없는 분노와 닮았습니다. 햇볕 좋고, 가을 들에서 속속 들이 익어가는 결실마다 눈부십니다. 내다 파는 일은 그것대로 두고라도 눈앞에서 깊어가는 가을 열매와 알곡의 아름다운 가을노래는 놓치지 말고 들어야지 싶습니다. 옥수수 거두어 보니 두색입니다. 맛있게 아름다운 두색.

맛있게 아름다운 두 색

내다 파는 일은 그것대로 두고라도
눈앞에서 깊어가는 가을 열매와 알곡의 아름다운 가을 노래는
놓치지 말고 들어야지 싶습니다.
옥수수 거두어보니 두 색입니다. 맛있게 아름다운 두 색.

여기 저기 벼 베고난 빈논이 보이기 시작합니다. 큰 바람 없는 덕에
벼농사는 풍년이 될듯 합니다. 벼널다, 비오신다는 예보 듣고 서둘러
닦았습니다. 내일 비 그치면 열어서 마저 말려야합니다. 일기예보
를 믿었지만, 비소식이 오보가 되면 고맙겠다하는 유치한 생각도 없지
않습니다. 다늦은 시간에, 유모차를 지팡이삼아끄는 할머니 한분이 종
종걸음으로 논둑길을 달려나옵니다. "무얼 그리 바삐 가세요?"
"아, 나락자루 모자란다고 빨리 가져오라네요!" "나락자루는 왜요?"
"나락 베다가 자루가 모자란대요. 처음부터 넉넉히 가져 가졌는데…:"
그러시면서 달리듯 가다가 ,허리아프다고 쉬고, 저만치 가다 다시 쉬십니다.
자루없어 벼를 못 베기야 하려구요? 그나저나 유모차 촛불로 수사한다지요?

유모차 지팡이

다 늦은 시간에, 유모차를 지팡이 삼아 끄는 할머니 한 분이
종종걸음으로 논둑길을 달려 나옵니다.
"무얼 그리 바삐 가세요?"
"아, 나락자루 모자란다고 빨리 가져오라네요!"

떨어져 바닥을 구르는 것들이 많아졌습니다. 머지않아 나머지도 내려와 바닥에 누울 테지요? 아직 아름다운 가을 풍광이지만, 마음에서 시대의 은유처럼 느껴져 그저 편히 보기 어렵습니다. 떨어져 생기잃은 잎들이 가난한 사람들의 온기없는 얼굴처럼 이리저리 바람에 쓸려 다닙니다. 막막한 가을입니다. 그 나뭇잎 사이로 날아드는 작은 새를 보았습니다. 작은 생명들끼리 서로 깃을 부비면서 차가운 밤을 견딜겁니다. 작을수록 더 가까이 더 다정하게 체온을 나누겠지요. 작은 생명들의 지혜! 따뜻함!

작을수록 더 가까이

떨어져 바닥을 구르는 것들이 많아졌습니다.
머지않아 나머지도 내려와 바닥에 누울 테지요?
아직 아름다운 가을 풍광이지만,
마음에서 시대의 은유처럼 느껴져 그저 편히 보기 어렵습니다.

그 뜰에, 은행·양살구·두충·산수유가 가을이었습니다.
조문 다녀오는 길에 잠시 들러본 권정생 선생 유택 언저리에서, 당신
살아서 심었을 나무들 소식이 그러했습니다.
─네 형님 안계셔도 가을이다!
빈 뜰에서서 그렇게 들었습니다.
─그럼요! 그러시는 줄 압니다.
그리 대답했습니다.
일직에도 천지가 가을이었습니다.
착해 터진 사람 세상뜨대도, 가을 오고 겨울 오는법이지요.
착해 빠진 사람들도 또 태어나고 자라고, 그러다 늙어 다시 떠나가고……

착해 빠진 사람 떠나도

"네 형님 안 계셔도 가을이다!"
빈 뜰에 서서 그렇게 들었습니다.
"그럼요! 그러시는 줄 압니다."
그리 대답했습니다.

콩을 마저 떨었습니다.
비오고 나면 추워질거라더니, 그러려는지, 바람이 좀잡지 못하였습니다.
거친 바람 덕에 콩깍지 부는 건 오히려 수월했습니다.
아버가 하던 일을, 거들어서 마무리하고 나니 마음이 조금 가벼워진
기분입니다. 밭에 남은 건 김장배추 뿐입니다.
배추밭에는 덮개를
덮었습니다.
김장전에
배추가 얼었다
녹았다하면 질겨진다고
아내가 일러 줍니다. 그러면 곤란하지요!   철수 薔

콩한줌 쥐어다 책상에 올려 두었습니다.
콩농사 거칠게 한 후과로 소출은 형편 없지만, 양이 적은대로
콩은 예쁘네요. 어떤 건 세식구, 어떤건 두식구. 콩깍지 사정도
제각각입니다. 형편껏 열심히 살아서 콩을 맺었으니 그것만으로
제 할일 다한 셈입니다. 우리도 그렇게 살고 있는 거지요?

어제 보낸 엽서들 보고 친구가 전화했습니다.
심장한 이들을 이와 벼룩에 비유한건 좀 그랬다고! 그게 그랬나요?
열심히 살아도 사는게 뜻대로는 안되는, 아픈현실을 이야기 하려는
거였는데…… 힘든 소식이라도 좀 나누어 주세요. 기다리고 있습니다.

콩 식구

어떤 건 세 식구, 어떤 건 두 식구. 콩깍지 사정도 제각각입니다.

형편껏 열심히 살아서 콩을 맺었으니 그것만으로 제 할 일 다한 셈입니다.

우리도 그렇게 살고 있는 거지요?

간밤 날씨가 차가웠던가 보다. 은행잎 밤새 다 쏟아지고 은행알도 바람 타고 떨어져 내린다. 더 매달려 살 이유가 없으니 수직낙하에 거침이 없다. 농익은 가을을 주워 담았다. 가을 노란 황홀을, 훔치는 듯도 하고 구걸하는 듯도 하고……

수직 낙하

농익은 가을을 주워 담았다.
가을 노란 황홀을, 훔치는 듯도 하고 구걸하는 듯도 하고…….

가을 손님이 다양한 중에 오늘은 귀뚜라미를 맞았습니다.
땀 씻느라 세면장에 갔더니 불빛 밝은 타일 바닥에서 뛰는
귀뚜라미가 보입니다. 어디로 들어 왔는지 짐작이 가지 않았
지만 여기서는 소리내 불러도 짝을 찾기 어려울 테니 밖으로
나가는 게 좋겠다 싶었습니다. 제 뜻은 그랬는데, 귀뚜라미
에게는 그저 낯선 가해자로 보였던가 봅니다. 한사코 도망
을 쳐서 그만 둘 수 밖에 없었습니다. 들어오긴 어찌 어찌지해서
들어왔겠지만 되짚어 나가기는 쉽지 않을 텐데, 아침에 다시
보자 했습니다. 제집에 하루 묵어가게 된 가을손님 소식입니다.

가을 손님

들어오긴 어찌어찌해서 들어왔겠지만 되짚어 나가기는 쉽지 않을 텐데.

아침에 다시 보자 했습니다.

제 집에 하루 묵어 가게 된 가을 손님 소식입니다.

가을 풀벌레 소리가 그득한 밤은 별들의 합창을
듣는 듯합니다. 별빛 찬란한 밤에 풀벌레소리
지우면 음향이 꺼진 화면처럼 답답해 지지 않
을까요? 풀벌레들은 짝을 부르느라 운다지만 그를
듣는 우리는 가을정취의 정화로 여깁니다.
그 소리를 먹잇감들의 준동으로 여기는 포식자들도 꽤
있습니다. 새벽 녘에서 이슬에 젖어 찼는 거미줄을
제일 많이 보게 되는 것도 이 계절입니다. 그물코가
넉넉한 큰거미줄을치고 먹이를기다리는 큰거미는
좀 무섭기도 합니다. 가을 표정은 다채롭기도 합니다.

가을 표정

가을 풀벌레 소리가 그득한 밤은 별들의 합창을 듣는 듯합니다.

별빛 찬란한 밤에 풀벌레 소리 지우면

음향이 꺼진 화면처럼 답답해지지 않을까요?

뒤란이 하도 어수선해서, 여름내 우거진 넝쿨이며 씨앗이 여물어 버린 풀들 자르고 베어 냅니다. 걷어낸 덤불이 무터기를 이루고 나니 나무들 사이로 하늘이 드러납니다. 마음 힘들면 끝잘 낫을 들고 나서기도 하는데, 올해 늦여름은 그럴 겨를도 없었던 모양입니다. 신명을 내서 일하다하니 풀벌레들이 툭툭 뒵니다. 서둘러 숨는 벌레들 보니 저것들 깃들어서 울어열 자리를 다 빼앗아 버린 것 아닌가 싶어지기도 합니다. 철거·정비! 빌어먹을! 그래도, 이밤에, 풀벌레 소리 자욱합니다. 생명 있는 것이니 이렇지! —사랑이 어디, 자리 가리고, 자리 보아가며 뜨거워진다더냐? 그렇게 이야기하는 듯싶었습니다.

풀벌레 소리

철거, 정비! 빌어먹을! 그래도, 이 밤에, 풀벌레 소리 자욱합니다.

생명 있는 것이니 이렇지!

—사랑이 어디, 자리 가리고, 자리 보아가며 뜨거워진다더냐?

그렇게 이야기하는 듯싶었습니다.

어디선가 산목련 꽃이 보였고
향기 풍겼네, 깊은데서 잎이 드문
산목련을 얼렸습니다.
새끼 손가락 처럼 가녀린
가지에 좀처럼 잎이 나지 않더니
가을되도록 빈가지인 나무도 있습니다.
말라 죽었는가 가지를 쥐어 보았더니
여전히 살아있습니다.
살아왔어도 식구를 거느리기는
힘겨웠던가? 산목련 빈가지도 . . .
봄여름 내내 잎을 꿈꾸기는 했을까?
적적해 보이는 가을 산목련에게 이런이야기 저런이야기 건넵니다.

籃 건수

빈 가지

산목련 빈 가지도 봄여름 내내 잎을 꿈꾸기는 했을까?
적적해 보이는 가을 산목련에게 이런 이야기 저런 이야기 건넵니다.

철수籤

핸드폰 충전용 연결선 꼭지에는 '만충전'을
알려주는 불빛이 있습니다. '충전중'일때는
빨간불빛이다가, 가득차고나면 은은한
연두색으로 바뀌지요? 마음자리에 언제한번
만충전의 불빛이 환하게 들어오는 날 있을까?
반딧불이가 가을 풀섶에서, 환하게 미끄러져
갑니다. 여기저기 선생님 말씀이신듯 ……

'만충전'의 불빛

마음자리에 언제 한 번 만충전의 불빛이 환하게 들어오는 날 있을까?
반딧불이가 가을 풀섶에서, 환하게 미끄러져갑니다.
여기저기 선생님 말씀이신 듯……

서늘한 밤에 마을길 걸어서 저녁, 운동을 삼습니다. 땀흘려 일하고 나도 그게 운동은 아니라고 해서 가끔은 산책처럼 아내와 함께 길로 나섭니다. 어느날은 그저 조용히 걷지만, 어느 날은 내내 세상이야기 나누며 걷게 됩니다. 오늘은 내내 묵묵하게 걷다가, 사과향이 달콤해서 그만 말문이 열려 버렸습니다. 때로는 침묵의 산책도 괜찮지만, 나직하게 이야기 나누는 걸도 나쁠것은 없지요. 오늘 걷는 길에는 과수원 셋을 지났습니다. 사과 저리 많으니 사과향이 없을수 없습니다. 향기는 정처도 없습니다. 누구에게나 나누어 주는 사과의 가을향을 맡으면서 돌아 들어 옵니다.

사과향, 가을향

사과 저리 많으니 사과향이 없을 수 없습니다.
향기는 정처도 없습니다.
누구에게나 나누어주는 사과의 가을향을 맡으면서 돌아 들어옵니다.

청수 畵

고위인사가 되려면 무얼 갖추어야 하나요?
신언서판이 좋아야 한다는 소리는 얼핏 들었는데
근자에는 좀 달라진듯도 해서요.
법을 알기를 개똥으로 알고, 자식과 여편네를
위해서라면 범법을 준법으로 여기고도 부끄러움
기꺼이 버리는, 소위 파렴치가 더해졌나요?
서민들은 그게 참 어려운 일이던데, 잘난 사람들
역시 뭐가 달라도 다르다니까요. 따지느라 고생많어!

고생(高生)

법을 알기를 개똥으로 알고, 자식과 여편네를 위해서라면 범법을 준법으로 여기고도
부끄러움 기꺼이 버리는, 소위 파렴치가 더해졌나요?
서민들은 그게 참 어려운 일이던데, 잘난 사람들 역시 뭐가 달라도 다르다니까요.

묶은 연밥에 벌레가 깃들었습니다. 황토흙으로 곱게 발라 놓은 듯, 마감까지 하고 들어앉은 주인공이 뉘신지는 확인하지 못했습니다. 고무신에 둥지 트는 새들도 보고 풀숲에 보금자리 한 새앙쥐도 보고 삽니다. 생명 있는 존재들이라면 편안하고 따뜻한데 집한칸 만들어 깃들어 살고싶은 것 당연한 일이지요. 벌레 깃든 연밥을 책상머리에 모셔두었습니다. 주인공이 나타나면, 축하해 주어야지요! 나락창고를 축내는 집쥐 새앙쥐들은 나락섬이 제것이라고 여기는 기색입니다. 저는 제 것이라고 생각하지요. 쌀 찧어 놓으면 쌀바구미떼가 제 떡이라고 들고 나섭니다. 사람세상은 터지독한 제것 다툼으로 피땀을 흘리지요? 얻기도, 지키기도, 되돌려 나누기도 모두 어렵네요.

철수

연밥 속 벌레

고무신에 둥지 트는 새들도 보고 풀섶에 보금자리 한 새앙쥐도 보고 삽니다.

생명 있는 존재들이라면

편안하고 따뜻한 데 집 한 칸 만들어 깃들어 살고 싶은 것 당연한 일이지요.

어느 한 생명 게으른 법이 없습니다. 있는 힘껏 대지의 기운을 끌어올려 무겁도록 결실을 맺은 존재들로, 가을이 그득합니다. 벼이삭이 마지막 물기를 빨아올리고 있는 논에 불을 대고 나다니다 돌아와보니, 비오시는데 논물이 넘칠것 같았는지 누군가 판청을 꺼 놓았습니다. 그런 이웃이 있으니 고맙지요. 가을비 개고 맑아진 밤에 풀벌레들 크게 웁니다. 세상에서 지금 살아있는 것들의 목소리, 이렇게도 합니다. 그 소리 들리시는지요?

그 소리 들리시는지요?

어느 한 생명 게으른 법이 없습니다.
있는 힘껏 대지의 기운을 끌어올려 무겁도록 결실을 맺은 존재들로,
가을이 그득합니다.

올해는 여치가 유난히 많습니다. 투명한 연두빛 여치가
집안으로 뛰어들어 무릎에 앉아 오래 있는 것 보면서,
'이제 어떻게 해야하나' 깊은 고민에 빠져있는가 보다
생각했습니다. 그래서, 고이 보듬다 밖에 놓아주었지요.
— 막다른 골목에서 귀인을 만나 뜻을 이루겠다.
그런 일진이었을까요?
가을 풀벌레 소리가 갈수록 애잔합니다. 이룰것을 다
이루지 못한 생명들의 마음이 담긴 소리라 그럴테지요.
하루가 다르게 가을빛 짙어 가는 산야가 아름답습니다.
가을빛 속으로 조용히 걸어들어가 봐도 좋겠던데요?

가을빛 속으로

올해는 여치가 유난히 많습니다.
투명한 연둣빛 여치가 집 안으로 뛰어들어 무릎에 앉아 오래 있는 것 보면서,
'이제 어떻게 해야 하나' 깊은 고민에 빠져 있는가 보다 생각했습니다.

뿌리 내린 자리가 다르고 살아온 곡절이 다르면, 표정이 다르고 피부조차 다릅니다. 산속 소나무도 그렇고, 이산 끝에 어렵사리 만난 상봉가족이 또 그렇습니다. 가을비 추적추적 내리는 날, 뜨겁게 만났다 아프게 다시 헤어져 돌아서야 하는 서러운 이산가족 들 생각했습니다. 반신불수의 조국도 생각하고....

상봉 가족 소식

뿌리 내린 자리가 다르고 살아온 곡절이 다르면,

표정이 다르고 피부조차 다릅니다.

산속 소나무도 그렇고, 이산 끝에 어렵사리 만난 상봉 가족이 또 그렇습니다.

벼 방배가 되어서, 논 네귀퉁이를 낫으로 베어 빈자리를
만들었습니다. 콤바인이 움직이자면 그렇게 여유공간을
확보해 주어야 합니다. 사람손으로는, 손에 일이 익은 상
일꾼이 해도 대엿명이 새벽부터 어두워 질때까지 해야
하는 일이지만, 기계로 베면, 두시간이면 탈곡해서 자루에
담는 일까지 마칠수 있습니다. 그런 편리와 석유를 쓰는
기계농법을 바꾸는 셈입니다. 이제 농사도, 별수없이 에너
지 소비형의 사업입니다. 예전에는 쌀을 '먹고살 것의 총화'
로 여겼지만, 이제는 부수적인 먹을거리가 된 모양입니다.

이제 농사도

이제 농사도, 별수 없이 에너지 소비형의 사업입니다.
예전에는 쌀을 '먹고살 것의 총화' 로 여겼지만,
이제는 부수적인 먹을거리가 된 모양입니다.

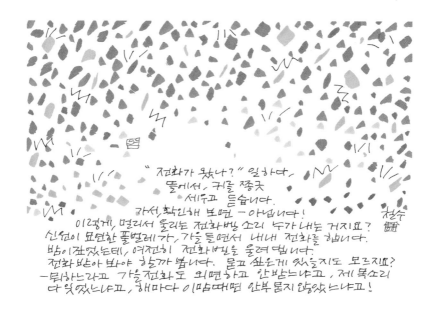

"전화가 왔나?" 일하다,
뜰에서, 귀를 쫑긋
세우고 듣습니다.
가서, 확인해 보면 ─ 아닙니다!
이렇게, 멀리서 울리는 전화벨 소리 누가 내는 거지요?
신원이 묘연한 풀벌레가, 가을 들면서 내내 전화를 합니다.
밤이 깊었는데, 여전히 전화벨을 울려 댑니다.
전화 받아 봐야 할까 봅니다. 묻고 싶은게 있을지도 모르지요?
─ 뭐하느라고 가을전화도 외면하고 안받느냐고, 제 목소리
다 잊었느냐고, 해마다 이맘때면 안부 묻지 않았느냐고!

해마다 이맘때면

이렇게, 멀리서 울리는 전화벨 소리 누가 내는 거지요?
신원이 묘연한 풀벌레가, 가을 들면서 내내 전화를 합니다.
밤이 깊었는데, 여전히 전화벨을 울려 댑니다.